Depois do Fim

Adailton de Queiroz

Índice

Dedicatória

Dedico este livro à minha amada esposa, Darci, que tem sido minha maior fonte de inspiração e suporte ao longo desta jornada. Seu amor incondicional e apoio constante me motivam a ir além e realizar meus sonhos.

Aos meus filhos, Matheus, Gabrielle e Maria Eduarda, que são o brilho dos meus olhos e a razão pela qual busco incessantemente evoluir. Que este livro seja um testemunho do meu amor por vocês e uma lembrança de que tudo é possível quando acreditamos em nós mesmos.

Aos meus amigos, que compartilharam comigo risos, desafios e vitórias. Sua amizade tornaram os dias gratificantes e ajudaram a moldar minhas ideias. Esta dedicatória é um singelo gesto de gratidão por cada momento compartilhado.

Aos meus pais, José Fernandes (in memoriam) e Maria José, que foram e sempre serão minha base, meu apoio inabalável e minha fonte de amor e sabedoria. Pai, mesmo que você não esteja mais fisicamente presente, sua influência e seus ensinamentos continuam vivos em meu coração. Você é uma constante inspiração para perseguir meus sonhos com determinação e coragem.

Aos meus irmãos, Ana Dalva, Anderson e Ariane Naiara, com os quais compartilhei tantas aventuras, risos e momentos preciosos da vida. Nossa ligação é eterna, e *cada página deste livro é dedicada a vocês, repletas de gratidão por nossa conexão de sangue e espírito.*

A toda a minha família em geral, que me acolheu, apoiou e ensinou os verdadeiros valores da vida. Cada membro, seja próximo ou distante, tem contribuído para moldar quem eu sou hoje. Laço indissolúvel do parentesco.

Que este livro seja uma expressão de amor e apreço por cada um de vocês. Que ele traga lembranças doces, inspire novas histórias e forje laços ainda mais fortes entre nós. Que sua leitura seja uma oportunidade para refletir sobre as bênçãos da família e a importância de valorizarmos aqueles que compartilham nossa jornada.

Com carinho,

A, P. Queiroz

Descrição

Em "Depois do Fim", embarque em uma jornada através dos destroços da civilização humana e descubra um mundo transformado pela ausência da nossa presença.

Acompanhe a natureza retomando o controle, cidades desmoronando e florestas emergindo onde antes eram arranha-céus. Animais selvagens tornando-se senhores de seus domínios, criando novas hierarquias na cadeia alimentar.

A aventura transcende os escombros da paisagem física. Adentre a vida de sobreviventes, personagens intrinsecamente ligados à sobrevivência em um planeta redefinido. Nessa jornada, siga os desafios e descobertas, enquanto buscam entender o mundo à sua volta e as complexidades de suas próprias escolhas.

Cada página revela uma história de suspense, resiliência e reflexão. "Depois do Fim" oferece uma visão sobre o potencial da natureza, a capacidade de adaptação humana e a beleza que emerge da destruição.

Prepare-se para uma aventura que transcende as fronteiras do apocalipse, mostrando que, mesmo após o fim, há espaço para recomeços e para a eterna variante da vida humana.

Personagens Principais

Benjamin:

Emily:

Personalidade: Observador e reflexivo, frequentemente perdido em pensamentos profundos. Age como um guia espiritual para o grupo.

Traços Físicos: Cabelos grisalhos, barba cerrada. Veste-se com roupas práticas e desgastadas pela jornada.

Idade: Aparenta ter por volta dos 50 anos.

Aparência: Rostos marcados pelas experiências, olhos atentos que revelam sabedoria.

Personalidade: Pragmática e destemida, lidera o grupo com determinação. Possui uma compreensão prática das situações.

Traços Físicos: Cabelos castanhos amarrados em um rabo de cavalo. Veste-se de maneira eficiente, com muitos bolsos para armazenar suprimentos.

Idade: Aparenta ter 30 anos.

Aparência: Atlética e energética, com uma expressão decidida.

Raul:

Elena:

Personalidade: Engenhoso e otimista, encontra soluções criativas para os problemas. Desenvolve um afeto especial por Elena.

Traços Físicos: Cabelos escuros e cacheados, usa roupas versáteis e confortáveis.

Idade: Aparenta ter 35 anos.

Aparência: Sorriso caloroso e olhos brilhantes que refletem sua positividade.

Personalidade: Confiante e compassiva, é a voz da empatia no grupo. Estabelece laços profundos com Raul.

Traços Físicos: Cabelos ruivos, geralmente amarrados em um coque. Veste-se com peças práticas e coloridas.

Idade: Aparenta ter 30 anos.

Aparência: Olhos expressivos e uma aura serena.

Maria:

Anna:

Personalidade: Gentil e cautelosa, mantinha uma aura de calma. Seu sacrifício impacta profundamente o grupo.

Traços Físicos: Cabelos grisalhos, vestia-se com modéstia e simplicidade.

Idade: Aparentava ter 60 anos.

Aparência: Rugas profundas, mas um sorriso gentil.

Personalidade: Corajosa e resiliente, é uma força motriz no grupo. Sua natureza otimista ajuda a manter a moral.

Traços Físicos: Cabelos castanhos claros, geralmente amarrados em uma trança. Veste-se com roupas práticas, mas mostra um toque de cor e estilo.

Idade: Aparenta ter 25 anos.

Aparência: Rosto jovem, com olhos cheios de determinação.

Miguel:

David:

Personalidade: Calmo e ponderado, é o pensador do grupo. Sua abordagem reflexiva muitas vezes oferece insights valiosos.

Traços Físicos: Cabelos escuros e barba bem cuidada. Veste-se com simplicidade e elegância.

Idade: Aparenta ter 40 anos.

Aparência: Expressão serena, com uma presença tranquila.

Personalidade: Intelectual e estratégico, traz consigo conhecimentos valiosos sobre ciência e engenharia. Sua mente analítica é uma vantagem para o grupo.

Traços Físicos: Cabelos castanhos escuros e óculos, vestindo roupas práticas e uma jaqueta com vários bolsos.

Idade: Aparenta ter 30 anos.

Aparência: Expressão séria, com uma postura confiante.

Introdução

Esta história busca explorar a transformação do mundo após a extinção humana, ao mesmo tempo em que introduz um grupo de sobreviventes para proporcionar uma história envolvente e explorar questões universais sobre a natureza humana e seu impacto no meio ambiente.

Nas primeiras luzes da manhã, quando os raios dourados acariciam o que resta das cidades abandonadas, o mundo desperta em um silêncio profundo. As ruas repousam sob um manto de quietude. Edifícios altos, testemunhas silenciosas da passagem do tempo, erguem-se como monumentos a uma civilização há muito desaparecida.

A natureza avançou com voracidade, tecendo seus fios verdes por entre as fissuras do concreto. As árvores, agora guardiãs de uma terra esquecida, estendem seus galhos como dedos acariciando os vestígios de um passado distante. A vida selvagem parece querer tomar conta de tudo, entre os escombros, reivindicando territórios que já foram domesticados.

Os sons que permeiam o ar espalham-se aos ventos, uma melodia que transcende a agitação das antigas metrópoles. O sussurro do vento entre os arranha-céus vazios, o murmúrio dos rios que há muito se libertaram de suas barragens e a canção dos pássaros, são senhores dos céus desabitados.

Cidades se tornaram ecossistemas autossustentáveis. Parques urbanos florescem, contrastando com os restos de estruturas que um dia abrigaram a complexidade da vida humana. As luzes da cidade foram substituídas pela luminosidade tênue do sol, e as sombras dançam em ritmo lento sobre os pavimentos.

É um mundo que respira, regenera-se, livre da urgência incessante do progresso humano. Uma terra que se tornou um relicário de histórias sussurradas pelo vento, um palco onde a natureza reconta a narrativa do planeta. Sem um ninguém para comprovar explicitamente a extinção, a Terra continua sua jornada, acolhendo a natureza de volta ao seu seio. O legado dos humanos persiste nas cicatrizes do que um dia foi, enquanto o presente ecoa com a promessa de um futuro moldado pela resiliência da vida que se reinventa após a partida silenciosa da espécie que a moldou.

As trilhas deixadas por pneus e passos humanos foram apagadas pelo tempo e pelo avanço natural, transformando-se em caminhos serpenteantes, marcados apenas pela vegetação que agora os reivindica. Os prédios revelam-se como esqueletos de uma era passada, seus contornos suavizados pelo abraço de Hera e das trepadeiras. Janelas vazias refletem o céu, testemunhas mudas da transição do mundo urbano para uma simbiose entre o artificial e o selvagem.

Rios fluem sem restrições, e lagos resplandecem sob a luz do sol. Os sons da natureza ecoam através das montanhas, planícies e florestas, preenchendo o vácuo deixado pelo desaparecimento dos motores e da agitação incessante. Sob a luz, as silhuetas das árvores parecem dançar, coreografando essa linda atuação.

Na ausência do zumbido constante da eletricidade, o céu noturno se revela em sua plenitude, adornado por estrelas que brilham com uma intensidade nunca vista. As constelações se tornam narradores uma história cósmica que transcende as eras, enquanto a lua derrama sua luz sobre a paisagem transformada.

A fauna se adaptou, e novas criaturas prosperam, onde nunca eram notadas. Pássaros tecem intricados ninhos nas janelas vazias dos edifícios, enquanto pequenos mamíferos encontram abrigo nas rachaduras das paredes de concreto. O rugido dos leões substitui os ruídos dos motores, e as trilhas são compartilhadas com criaturas que vagueiam livremente, sem a necessidade de olhar para os lados antes de cruzar uma rua.

À medida que a Terra continua a curar suas cicatrizes, o tempo sussurra uma promessa de um futuro ainda a descobrir. Esta Terra emerge pela resistência da vida. Cada raio de sol, cada brisa que balança as folhas, é uma celebração da continuidade, numa harmonia entre vales e bosques, desenhando um retrato da Terra depois de nós, depois do fim.

O Despertar

Eu despertei em um mundo quebrado, onde o espanto se tornara meu único companheiro. Esqueletos de concreto eram cobertos por uma teia verde de plantas que não conheciam limites. Arranha-céus se curvavam sob o peso da vegetação desenfreada.

— Onde estou? — Murmurei perplexo comigo mesmo.

Ao olhar para além dos limites urbanos, vi uma transformação monumental. Florestas renasciam, devorando estradas e prédios abandonados, enquanto rios e lagos começavam a se purificar da poluição contaminante. O ar estava fresco, carregado com o perfume da natureza retomando seu domínio.

Caminhei por ruas desertas, onde o asfalto rachado cedia espaço para a erva daninha. Usinas nucleares, que alimentavam cidades inteiras, se tornaram uma região perigosa, suas estruturas corroídas irradiando uma ameaça invisível. O brilho dos reatores deu lugar à escuridão, um símbolo sombrio do preço que a humanidade pagou por seu apetite insaciável por energia.

Era um cenário devastador. Como se uma centena de anos tivesse passado em poucos momentos. E eu ali, sem entender nada. Procurei respirar, pensar um pouco. E todas as possibilidades culpavam a nós. Tudo que eu ouvia dizer, que a gente comentava em rodas de amigos, poderia ter acontecido realmente. Tudo era possível. Por isso, em tese, não me surpreendi completamente. A desolação era minha mais pura sensação. Eu contemplava um grande acontecimento naquele momento.

Ao adentrar o interior dessas cidades abandonadas, deparei-me com cenários inimagináveis. Edifícios se tornaram santuários para a natureza selvagem, rendidos pela densa mata. Pássaros voavam pelos corredores silenciosos dos shoppings, enquanto árvores cresciam em meio às salas de escritório vazias. A flora e fauna se erguiam em uma comunhão impressionante, preenchendo os espaços deixados pelas máquinas e engrenagens.

Vestígios da humanidade ainda permaneciam, mas eram apenas lembranças do que um dia foram. Cartazes desbotados anunciavam produtos que ninguém mais precisava. Carros abandonados, envoltos em musgo, testemunhavam uma época em que as estradas zumbiam com a vida.

Contemplei um mundo que se desdobrava diante de mim, um testamento amargo à efemeridade da existência humana. O planeta, sufocado pelo peso de sua própria criação, respirava novamente. A Terra se curava, recomeçando sem nós, enquanto o silêncio governava soberano.

Caminhei muito lentamente, com medo do desconhecido ou de surpresas inesperadas, sem me apoiar direito nos próprios pés. Meu corpo parecia querer aprender a andar de novo. Tonteando eu fui adentro à mata selvagem. Não sei quantos anos se passaram, o que teria acontecido, mas era obvio que a gente fez muita besteira. Vagas ideias fluíram em minha mente. Mas as preocupações eram outras, as prioridades também.

"Isso não é possível!" Divaguei mais uma vez.

Seria um sonho? Um pesadelo? Ou uma brincadeira irônica da vida?

Certamente seria um sonho. Eu me vi ali, num cenário nunca imaginado, mas possivelmente previsto.

Fome. Eu sentia muita fome. Mas de maneira que não sei como é...

Sede. Outra palavra que não pude descrever.

Definitivamente eu não estava com sono.

Passei pelas ruas abandonadas com a sensação de estar em um cenário de um passado distante. As plantas rasteiras traçavam seu caminho pelo concreto rachado, espreitando entre os tijolos de prédios caídos. A cada passo, eu via a natureza reclamando seu espaço, transformando o ambiente em um labirinto de folhas, escombros e sombras.

Atravessei uma avenida onde carros cobertos de musgo permaneciam como monumentos à era que desapareceu. Entre eles, árvores brotavam dos capôs e pássaros faziam seus ninhos em janelas quebradas. As lojas pareciam covas em um cemitério desolado, onde espiões de penas observavam as prateleiras vazias.

Em um parque, silêncio. A grama se erguia como uma tapeçaria verde. Bancos desgastados eram pontos de observação para pássaros curiosos, enquanto esquilos se moviam entre as árvores antigas. Eu acho que eram esquilos...

Certo momento, ao me aproximar de uma usina nuclear, senti um arrepio na espinha. Estruturas imponentes e tecnologicamente avançadas mostravam-se como mausoléus de um passado perigoso. Símbolos de energia transformaram-se em sentinelas ameaçadoras, e o brilho sinistro de reatores tornou-se uma recordação sombria de poder.

Foi nesse cenário de maravilhas e perigos que avistei os outros, recém-acordados como eu. Emergiram de abrigos improvisados, envoltos em roupas desgastadas, cada um trazendo consigo uma expressão de incredulidade e fascínio. Olhares se cruzaram, e em silêncio, nos reconhecemos como sobreviventes deixados para trás, ou para o futuro.

Nossos passos soavam alto nos corredores vazios de um shopping que virara selva. Os outros se juntaram a mim, compartilhando olhares curiosos enquanto descobríamos juntos os destroços do passado. Não eram apenas espectadores dessa transformação, mas também testemunhas do nascimento de um mundo renovado. A natureza nos cercava, e a única trilha sonora era o sussurro suave do vento, que se prolongava reinante sobre a terra.

O sol da manhã criava sombras longas sobre o asfalto trincado, quando nos reunimos no que um dia foi uma praça movimentada. Éramos um grupo heterogêneo, almas que despertaram para este mundo metamorfoseado.

Eu, Benjamim, um homem de cabelos grisalhos e olhos que refletiam o peso do desconhecido, olhei para os outros com uma mistura de curiosidade e desconfiança.

Ao meu lado, estava Maria, uma mulher de expressão determinada, cabelos despenteados e vestida com roupas que revelavam sinais de um tempo difícil.

— Isso é real? — Ela murmurou, observando as árvores que cresciam livremente.

Atrás de nós, um homem mais jovem, chamado Miguel, coçou a cabeça, tentando processar a paisagem surreal.

— Espera, estamos em um daqueles filmes pós-apocalípticos? Onde estão os zumbis? — Ele brincou nervosamente.

Do outro lado da praça, um casal, Emily e David, trocava olhares de incredulidade.

— Olhe para isso — sussurrou Emily, apontando para um esquilo que saltitava nas imediações — acho que estamos fora do mapa agora.

Eu, o mais velho do grupo, um senhor de barba longa e olhar sábio chamado Benjamin, permanecia em silêncio, observando a paisagem com uma expressão que misturava tristeza e resignação.

"Acho que a Terra está curando suas feridas" eu disse, quase para mim mesmo.

Anna, uma jovem de cabelos escuros, estava agachada, examinando flores que brotavam entre as lajes de concreto.

— É como se a Terra estivesse tentando nos contar algo — ela murmurou, seus olhos brilhando com uma curiosidade infantil.

Enquanto continuávamos a explorar o que restava da cidade, nossos passos eram o único som que quebrava o silêncio que se abatia sobre nós. A cada esquina, uma nova descoberta nos aguardava, e entre palavras e olhares, começamos a construir uma relação e uma improvável. Sentíamos como se fôssemos os últimos vestígios da humanidade, perdidos em um mundo que, de alguma forma, parecia nos acolher em sua transformação. E os perigos? Sempre há perigos... Estávamos à espreita, esperando o inevitável. Mas nem tudo podemos calcular, prever.

Caminhávamos pelas ruas desertas cobertas pela densa vegetação. As vozes do grupo se misturavam com o som da brisa que carregava consigo segredos dos acontecimentos recentes. Entre risos nervosos e suspiros de admiração, começamos a partilhar nossas histórias.

— De onde vocês vieram? — Perguntei, olhando para Maria, cujos olhos tinham uma intensidade que denunciava uma jornada árdua.

— Eu estava em um bunker, uma espécie de instalação de emergência — ela respondeu, olhando para o horizonte — havia um grupo de sobreviventes lá, mas algo deu errado. Acordei sozinha, e agora estou aqui.

Miguel, o jovem com uma aura de leveza apesar da situação, lançou um olhar para o idoso Benjamin.

— E você, vovô? Como chegou até aqui?

Benjamin sorriu com tristeza, como se lembrasse de tempos que agora eram somente memórias.

— Eu estava em uma comunidade isolada nas montanhas. Quando percebemos que a civilização estava desmoronando, decidimos viver à margem da sociedade. Parece que o isolamento nos salvou, de certa forma. Mas acho que tem mais que isso, que o Governo ou pessoas devem estar por trás disso tudo. Não me lembro de tudo que aconteceu comigo. Até porque parece que tudo está conforme foi determinado. Determinado por algum governo superior. Talvez, alguma energia superior. Não sei se acredito em tudo que minha mente produz. Hehe...

Anna, a mais jovem do grupo, interveio com entusiasmo:

— Eu estava em um laboratório subterrâneo, trabalhando em algum projeto ultrassecreto. Quando acordei, o lugar estava vazio, exceto por algumas máquinas antigas ainda zumbindo. Acho que agora sou uma cientista sem laboratório.

Os diálogos ecoavam entre os prédios vazios, cada narrativa reforçava uma peça do quebra-cabeça da provável extinção humana. À medida que compartilhávamos nossas experiências, uma compreensão cautelosa se formava entre nós. Éramos sobreviventes, cada um carregando uma parte da carga do passado recente. Meios tontos, não sabíamos que se esperava da gente. Avaliar e entender todo o contexto era a melhor opção.

Emily, que até então observava em silêncio, falou com uma melancolia evidente em sua voz.

— Não importa de onde viemos. Agora, somos todos iguais diante dessa situação.

— Acho que temos que aprender a viver por aqui. Afinal, parece que estamos sós por aqui — David concordou, olhando para o horizonte.

Enquanto o sol começava a se pôr, lançando tons de laranja sobre a cidade, o grupo se dirigiu a um edifício abandonado para passar a primeira noite juntos. A calmaria da terra naquele momento envolvia-nos como um manto, e enquanto nos deitávamos para descansar, essa nova história parece estar prestes a começar. O silêncio tornou-se nosso conforto, um presente suave de uma Terra que se curava e um grupo de sobreviventes que buscavam um propósito em meio ao desconhecido.

A noite caía sobre a cidade adormecida, e enquanto nos reuníamos em um salão deserto do prédio abandonado, a luz trêmula de luzes improvisadas lançava sombras dançantes nas paredes descascadas. O grupo formou um círculo, como se estivéssemos reunidos ao redor de uma fogueira imaginária.

— O que fazemos agora? — Perguntou Miguel, quebrando o silêncio que se instalara após a descoberta do novo lar.

— Temos que nos adaptar. Este parece ser um novo mundo, e cada um de nós deve ter um papel a desempenhar — respondeu Benjamin, levantando-se, as rugas em seu rosto contando histórias não ditas.

Anna, empolgada, propôs:

— Podemos explorar mais, descobrir o que isso tudo nos reserva. Talvez possamos encontrar mais pessoas por aí.

As ideias se entrelaçaram enquanto discutíamos nossos próximos passos. Maria, cujo olhar nunca perdia a intensidade, trouxe uma perspectiva pragmática.

— Precisamos estabelecer uma base, garantir nossa sobrevivência. Não sabemos o que está lá fora.

Ao redor da "mesa", delineamos os planos para o amanhã, um amanhã incerto em um mundo que nos mostrava estranho. O murmúrio do grupo ecoou pelo prédio vazio, e a sensação de responsabilidade começou a se instalar.

Emily, segurando a mão de David, olhou para as estrelas visíveis através das janelas quebradas. "Parece que estamos em uma nova era, não é?"

— Nós somos testemunhas da história — Benjamin respondeu, com um olhar perdido em memórias distantes — mas agora, somos os autores de nosso próprio destino. Acho que temos que agir rápido.

Ao longo da noite, o grupo compartilhou histórias, risos e até lágrimas. No momento em que cada um de nós se ajeitou para descansar, a quietude da noite tornou-se nossa confidente. A luz da lua iluminava a sala, refletindo em olhos que carregavam a sabedoria de um passado não tão distante em suas memórias.

— Temos que procurar comida e água — alguém murmurou, entre as conversas. Mas que logo todos concordaram.

Enquanto fechávamos os olhos para sonhar, não podíamos prever os desafios que nos esperavam ou as surpresas que esse novo amanhecer traria. Mas estávamos unidos por algo mais forte que o passado, estávamos unidos pela promessa do amanhã e pela resiliência que só os sobreviventes conhecem. As imagens recentes se tornavam telas em branco sobre a qual escreveríamos nossa história.

A escuridão alcançou o sono. O sono dominou a fome e a sede. O medo fez tudo ficar pequeno. E a gente dormiu.

Novos Seres

À medida que eu vagava por esse novo mundo, testemunhava a ascensão de uma ordem diferente, uma onde a natureza se erguia como uma fênix das cinzas deixadas pela humanidade.

As cidades dominadas pelo concreto se viam invadidas por uma vegetação que se espalhava como uma obra de arte viva.

Parques urbanos tornaram-se selvas de concreto e verde, onde animais "urbanos" exploravam territórios inexplorados. Cães voltaram a ser selvagens como antigamente e vagavam como líderes de matilhas, adaptando-se a uma nova hierarquia.

Nessa nova ordem, algumas espécies floresciam enquanto outras enfrentavam desafios. Animais domesticados, privados de seus donos, viam-se confusos e perdiam seu papel na nova dinâmica. Por outro lado, predadores naturais encontravam oportunidades para prosperar, equilibrando a balança da natureza.

As antigas áreas industriais tornaram-se refúgios inesperados para a vida selvagem, com plantas e animais encontrando maneiras de sobreviver nos resquícios da era industrial. As usinas nucleares, no entanto, permaneciam como fantasmas perigosos, zonas de exclusão onde a vida não ousava se aventurar.

Ao longo dos rios desenhavam-se novas rotas para cardumes que retornavam a águas purificadas. A cadeia alimentar aquática estava se restaurando, trazendo equilíbrio aos ecossistemas fluviais.

A natureza encontrava espaço para tocar sua própria música. O mundo, com sua teia intricada de vida, florescia, revelando um equilíbrio natural há muito perdido. E enquanto eu me movia através dessa paisagem metamorfoseada, eu sabia que esta era uma parte da história da Terra que pertenceria a todos os que restaram, exceto a nós, iminentemente extintos.

O sol nasceu em um novo dia, derramando seus raios sobre a cidade adormecida, enquanto nosso grupo se preparava para explorar o vasto desconhecido que se estendia além das paredes abandonadas. A vegetação densa que tomava conta das ruas indicava que a natureza estava determinada a reivindicar seu lugar, e nós éramos meros espectadores nessa jornada de renascimento e crescimento.

Maria liderou o grupo na busca por um local adequado para estabelecermos nossa base. À medida que avançávamos, nos deparamos com uma praça central onde árvores frondosas se erguiam no lugar de estátuas esquecidas. Era um lembrete visual da transformação contínua da paisagem.

— Este lugar parece promissor — sugeriu Miguel, olhando ao redor.

— Perto de recursos naturais e longe de possíveis perigos — continuou.

Todos concordaram imediatamente, cada um ocupando seu espaço de maneira intuitiva.

Ao longo do dia, trabalhamos juntos para montar um acampamento improvisado. Encontramos fontes de água potável provenientes de rios recém-purificados e identificamos áreas seguras para coletar alimentos naturais. O grupo começou a se organizar em torno de tarefas específicas, e as habilidades individuais emergiram como recursos valiosos.

Anna, com sua paixão pela natureza, tornou-se nossa exploradora principal. Ela rastreava trilhas, identificava plantas comestíveis e mapeava a área ao redor. Miguel, com seu otimismo contagiante, assumiu a liderança na construção de abrigos improvisados e na busca por suprimentos.

Ao cair da noite, reunimo-nos ao redor de uma fogueira improvisada, enquanto as estrelas começavam a pontilhar o céu noturno. Benjamin, observando o crepúsculo, compartilhou suas observações sobre essa sensação de abandono e desolação que estavam sentindo.

— A natureza tem a capacidade de se superar — comentou ele, olhando para as chamas que vibravam na noite — estamos testemunhando o renascimento de um ecossistema que, por muito tempo, esteve sob nosso domínio e controle. Não entendo ao certo como tudo isso aconteceu, mas é claro que temos algumas ideias e deduções, por tudo que conhecemos de nós mesmos, não é mesmo? Eu vi muitas desgraças criadas pelo homem, mas nunca imaginei isso. Será que o mundo todo está assim? Será que finalmente conseguimos nos extinguir? Eu já tinha lido algumas vezes o quanto somos ameaçados por nós mesmos, mas nunca acreditei que pudéssemos chegar tão longe. Não dessa forma.

— Não entendi nada. Mas concordo. Um pouco — Brincou David, soltando um sorriso sutil.

As conversas se voltaram para as mudanças nas dinâmicas do mundo natural. Enquanto falávamos, sons de animais noturnos começaram a preencher o ar. Grilos cantavam em harmonia com o sussurro das folhas ao vento, e a escuridão não parecia mais ameaçadora naquele momento, mas cheia de vida. Estávamos em um momento de contemplação.

Maria, que havia estado pensativa durante grande parte do dia, finalmente compartilhou suas reflexões:

— É, eu concordo com o que vocês disseram. Nós estamos aqui como testemunhas e participantes da restauração da Terra. Mas devemos lembrar que a natureza, embora ressurja, pode ser implacável. Precisamos aprender a respeitá-la e viver em harmonia com ela. Porém, entendo que devamos também nos proteger e não ficarmos parados, sem entender os perigos que nos cercam. A menos que alguém aqui tenha outra ideia, penso que devemos focar em proteção, alimento e, depois, entender o ambiente que pode ser hostil de uma maneira que a gente não imagina. Sinto perigo a cada respiração minha.

Murmúrios e a concordância com o que foi discutido encheram a noite. Enquanto nos preparávamos para descansar sob o manto de estrelas, uma sensação de responsabilidade pesava sobre nós. Éramos os herdeiros de um mundo transformado, e nossas escolhas moldariam o futuro nesse novo habitat.

Eu percebi, até então, a ascensão de seres dos mais diversos tipos apenas começando, e nós, presentes nessa transformação, perdidos em nossa própria casa. Desabrigados e desamparados, podemos lutar para continuar vivos. Mas a que custo? E qual o propósito disso?

Os Guardiões do Passado

Com o novo acampamento estabelecido, nos deparamos com a imensa tarefa de explorar as áreas circundantes, incluindo as zonas perigosas das antigas usinas nucleares. Nossa curiosidade misturava-se com um toque de apreensão enquanto nos aproximávamos desses locais antes proibidos.

Maria traçou um plano meticuloso, mas bastante interessante. A gente precisava ouvir a voz de líderes ou de alguém que pudesse trazer informações importantes para nossa sobrevivência. Tudo era novo naquele momento.

— Vamos começar com as áreas mais seguras. Precisamos entender os riscos antes de nos aventurarmos nas regiões mais contaminadas.

Armados com roupas improvisadas de proteção e equipamentos básicos, embarcamos em expedições exploratórias. As usinas nucleares tornaram-se uma paisagem surreal, suas estruturas enferrujadas parecendo mais com ruínas de uma civilização antiga do que instalações modernas.

— É assustador pensar no que aconteceu aqui — murmurou Anna, olhando para os reatores silenciosos — esses lugares costumavam ser o coração pulsante da nossa sociedade. Qual seria o motivo de tudo isso? Só podemos divagar sobre os motivos ou cenários desta devassidão.

Conforme nos aprofundávamos nas entranhas dessas zonas proibidas, o contador Geiger que encontramos funcionando zumbia com advertências intermitentes. O perigo estava sempre presente, mas a curiosidade impelia-nos a explorar, a desvendar os mistérios.

Benjamin, com seu olhar perspicaz, observou:

— Estes lugares, embora perigosos, também fazem parte de nossa história agora. Devemos aprender com eles, nos adaptar, para que não repitamos os erros cometidos. Cada um que encontrar algo que nos dê uma informação útil, sugiro compartilhar com os demais. Vamos tentar catalogar de alguma forma. Busquem qualquer coisa que sirva de arma. Ferro pontiagudo, botas, luvas para proteção. Tudo agora é útil.

Enquanto investigávamos os registros abandonados e salas de controle desérticas, deparamo-nos com artefatos que antes simbolizavam o ápice da tecnologia humana. Equipamentos obsoletos pareciam artefatos de uma época perdida. A ironia não escapava de nós, observadores dessa decadência tecnológica.

Em meio às descobertas, começamos a compreender as consequências das escolhas que a humanidade fizera. As marcas da destruição nuclear eram cicatrizes profundas na Terra, mas também eram oportunidades para renascimento. Em algumas áreas, plantas resistentes começavam a emergir, desafiando as expectativas e desafiando a toxicidade deixada para trás.

Ao retornarmos ao acampamento após cada expedição, compartilhávamos nossas descobertas e aprendizados. O grupo começou a se tornar não apenas sobreviventes, mas também estudiosos relutantes de um mundo em transformação.

Esse aprendizado se revelava uma jornada de autoconhecimento e reflexão, enquanto nos deparávamos com os vestígios de uma civilização que dominava a Terra. Cada passo que dávamos nessa paisagem contaminada era um lembrete de que, embora até o momento não houvesse vestígios de outros sobreviventes humanos, suas marcas persistiam, forçando-nos a enfrentar as consequências do que havia acontecido nesse período em que estivemos encubados.

Dança dos Insetos

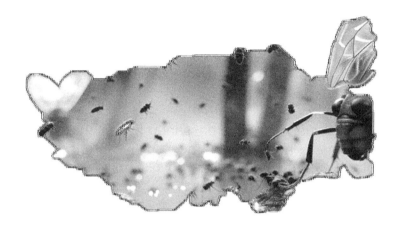

À medida que explorávamos mais profundamente esse novo ambiente, uma nova ameaça começou a se manifestar. Insetos assumiam um papel central na ecologia pós-humana. Uma nova ordem estava surgindo, e não era apenas um renascimento, mas uma redefinição radical da cadeia alimentar.

Nossas incursões nas áreas naturais tornaram-se cada vez mais desafiadoras à medida que nos deparávamos com enxames de insetos adaptados a um ambiente que não mais era controlado pelo homem. Abelhas, cujo declínio era uma preocupação em tempos passados, eram senhoras da polinização, voando de flor em flor e transformando campos em paisagens coloridas.

No entanto, junto com esses polinizadores benevolentes, surgiram criaturas menos amigáveis. Besouros vorazes e formigas ferozes adaptaram-se para se tornar assassinos eficientes. Nossas expedições eram marcadas por ataques repentinos, como se esses insetos tivessem desenvolvido uma astúcia assassina ao longo desses anos.

E os dias foram se passando lentamente, como se fossem dias numa sala de aula, aprendendo, se adaptando, conhecendo cada novo ambiente depravador e inóspito.

Uma tarde, enquanto explorávamos uma área conhecida por sua abundância de frutas silvestres, nos vimos encurralados por um enxame de formigas gigantes, que avançavam em nossa direção com uma determinação surpreendente. Maria, armada com um galho como se fosse uma lança improvisada, orientou a defesa enquanto gritava ordens para o grupo.

— Fiquem juntos! Elas não gostam de luz — ela gritou, enquanto acendia um toco para afastar as formigas.

O restante de nós seguiu o exemplo, utilizando o fogo como uma defesa rudimentar contra essas criaturas implacáveis.

Depois disso, Benjamin, com olhar calmo, analisou a situação:

— Precisamos encontrar uma maneira de viver com esses novos habitantes nesse mundo novo. A natureza sempre encontra um equilíbrio. Então temos de buscar meios na natureza de nos defendermos.

— Nós já deveríamos estar extintos, pelo que vimos até agora. A questão era saber quando e como, seja devido à superpopulação, destruição ambiental ou mudanças climáticas — Maria, ainda em estado de alerta, refuta Benjamin, continuando — mas é claro que a Terra sobreviveria. Estamos em menor número no momento, mas não devemos desistir. Não agora — um leve sorriso aparece em seu rosto. Talvez de alívio ou ironia, diminuindo a apreensão do grupo.

Nos dias que se seguiram, enfrentamos mais desafios semelhantes. Besouros carnívoros atacavam nossas fontes de alimentos e áreas de descanso. Era uma luta perigosa entre a necessidade de sobreviver e o respeito pela evolução implacável desses insetos predadores.

Com o tempo, começamos a aprender a antecipar os ataques, a criar defesas improvisadas e a entender os padrões de comportamento desses novos inquilinos do planeta. À medida que nos adaptávamos, ficou claro que a natureza estava impondo suas próprias regras, e nós, os últimos vestígios da humanidade, éramos apenas convidados neste espetáculo evolutivo.

A luta contra os insetos mostrou-se uma experiência intensa de sobrevivência e coexistência. A terra testava nossa capacidade de adaptação e forçava-nos a reconsiderar nossa posição como dominadores supremos do planeta. Somos a caça nesse ambiente hostil e desconhecido.

Um pouco revoltado, David logo fica resmungando, colocando as mãos na cabeça:

— Até quando podemos sobreviver assim?

— Não sabemos. Surgirão novas ameaças, novas oportunidades — responde Emily.

— É mesmo. Vou tentar me conter. Isso tudo é diferente de tudo que conheci e imaginava — disse David, pensando que ele é que deveria ser o porto seguro na relação. O homem é que deveria dar apoio à sua companheira.

Pássaros

No outro dia, o sol brilhava no céu, criando um espetáculo de luz nas vastas planícies que se estendiam diante do grupo de sobreviventes. À medida que exploravam o território, algo notável aconteceu: enxames de predadores naturais começaram a emergir, cassando os insetos que outrora haviam dominado a paisagem.

Primeiro, um zumbido distante foi ouvido. Uma nuvem escura de pássaros, alimentando-se de insetos em pleno voo, se aproximava rapidamente. As aves, livres da influência humana, encontraram nos insetos uma fonte abundante de alimento. As asas vibrantes dos predadores cortavam o ar, revelando um voo orquestrado meticulosamente pela natureza.

Com precisão avassaladora, os pássaros mergulhavam em meio aos enxames de insetos. Penas brilhantes se moviam como flechas, e o som de asas cortando o ar se misturava ao crepitar de asas de insetos desesperadas. A paisagem, antes saturada com o zumbido incessante, agora ressoava com o cacarejar triunfante das aves predadoras. As formigas também viram seu exército diminuir a cada ataque voador. Um fim proposto. Um gesto benevolente da natureza.

A ação dos pássaros, no entanto, desencadeou uma reação em cadeia. Predadores terrestres, há muito escondidos e famintos, emergiram de suas tocas. Pequenos mamíferos e répteis rastejantes se uniam à caçada, criando um equilíbrio natural que começava a restabelecer a ordem no reino dos insetos.

Observando a cena, Miguel, o cientista ambiental, expressou um suspiro de alívio.

— A natureza está encontrando seu equilíbrio mais uma vez. Os predadores naturais estão controlando as populações de insetos, prevenindo surtos descontrolados. E os próprios predadores têm seus algozes.

O grupo observou, maravilhado, como a harmonia da natureza se desdobrava diante de seus olhos. O equilíbrio ecológico começava a se reafirmar triunfante.

Enquanto o sol descia no horizonte, os sobreviventes continuaram sua jornada, acompanhados pelo som melodioso dos predadores naturais, que desempenhavam o papel vital de guardiões do equilíbrio na dança da natureza. A Terra, gradualmente, recuperava sua harmonia, guiada pela vida selvagem que persistia e amparava seus moradores.

Não ficamos preocupados com esses predadores, pois sentíamos que os humanos não faziam parte de seus cardápios. Não desses caçadores, graças à beleza da natureza das coisas.

Gatos Assassinos

    Conforme avançávamos pelo novo mundo, uma nova ameaça emergia da escuridão noturna. Ao cair da noite, o som dos insetos se transformava em um murmúrio inquietante, e outros predadores se revelavam sob as sombras. Tudo parecia querer devorar tudo em volta.

Um distante coral de miados encheu o ar. Centenas de gatos, selvagens e adaptados à nova ordem, patrulhavam as ruas com olhos famintos. A luz da lua banhava seus corpos ágeis, revelando silhuetas sinistras que se moviam em sincronia pela escuridão.

Maria, à frente de nosso grupo corajoso, ergueu a mão, sinalizando para que nos aquietássemos.

— Gatos. Eles são tão perigosos quanto os insetos. Se nos perceberem, podem ser mortais. Todo cuidado é pouco. Fiquem pertos uns dos outros.

Nossos sentidos ficaram alertas enquanto tentávamos nos fundir com a escuridão. Os miados distantes ecoavam como uma ameaça. Essa sinfonia noturna indicava a presença de predadores adaptados e famintos. Se houvesse o silêncio nesses ataques, aí nada se salvaria.

— Pelo que parece, eles aprenderam a caçar em bando. Precisamos evitar chamar a atenção deles — sussurrou Anna, com seus olhos treinados pela ciência.

Com cautela, começamos a nos mover, mantendo-nos nas sombras e evitando fazer qualquer barulho que pudesse atrair a atenção dos felinos noturnos. Os olhares famintos pareciam seguir cada passo nosso, e a tensão no ar era palpável e inevitável.

Ao nos aproximarmos do acampamento, percebemos que alguns gatos já haviam encontrado o local, farejando os restos de nossas refeições improvisadas. Era um lembrete cruel de que, mesmo em um mundo transformado, a luta pela sobrevivência persistia, desta vez personificada pelos olhos brilhantes e peludos dos felinos que vagueavam pela noite.

Durante aquela noite, mantivemos vigília, alternando entre turnos de guarda. A agonia e o medo perante esses predadores noturnos continuavam, e era um som que nos acompanharia enquanto dormíamos sob o manto estrelado e ao mesmo tempo ameaçador.

A experiência com os gatos selvagens destacava mais uma vez que estávamos em um mundo onde as regras eram ditadas por aqueles que melhor se adaptavam. Os felinos noturnos tornaram-se os predadores das noites, forçando-nos a abraçar a humildade diante da força da natureza.

Felinos Noturnos

Com a ameaça dos gatos selvagens pairando sobre nós, o grupo se viu forçado a reavaliar suas estratégias de sobrevivência. Maria convocou uma reunião, em que discutimos a possibilidade de criar uma barreira defensiva ao redor do acampamento e estabelecer turnos de vigília ainda mais rigorosos.

— Se não aprendermos a nos proteger, seremos caçados como presas — alertou Maria, olhando para o horizonte onde os miados noturnos persistiam — precisamos ser tão astutos quanto eles.

Benjamin, sempre ponderado, sugeriu:

— Podemos tentar estabelecer uma área segura, um refúgio onde a presença humana seja minimizada. Assim, podemos evitar o confronto direto. Água. Pelo que sabemos, água é um limite muito bom de se usar contra esses felinos. Quem tiver outra ideia, melhor compartilhar logo — juntando os punhos em alusão a "Tamo juntos".

Com essa ideia em mente, iniciamos a criação de uma área fortificada, utilizando os escombros urbanos ao redor para construir uma barreira que dissuadiria os gatos. Era uma tarefa árdua, mas cada pedra colocada era um passo em direção à nossa segurança.

Enquanto trabalhávamos, sentíamos os olhares furtivos dos gatos observando-nos à distância. A natureza, mais uma vez, nos desafiava a encontrar nosso lugar nesse novo ecossistema.

As noites se tornaram períodos de vigília intensificada. Nosso acampamento, envolto em sombras, era nosso refúgio frágil contra os predadores noturnos. Os turnos de guarda eram realizados com o coração acelerado, a cada sombra confundindo-se com a ameaça potencial dos gatos.

Em uma dessas noites tensas, Anna, que estava em seu turno de vigília, sussurrou:

— Eles são mais do que simples caçadores. São demonstrações claras de uma forma de equilíbrio nesta nova ordem. É a forma mais segura que encontraram de caçar, de não serem mortos por outros predadores. É o instinto de preservação. Acho que podemos desenvolver também o nosso, com o tempo. Se houver tempo suficiente.

Essa observação ecoou entre nós, forçando-nos a repensar nossa relação com os animais que agora compartilhavam o mundo conosco. Nossos companheiros domésticos haviam se transformado em sentinelas noturnas, adaptados a um ambiente onde a sobrevivência dependia da astúcia e da agilidade.

Estamos participando de uma jornada de entendimento mútuo com os novos senhores da noite. Enquanto continuávamos a construir nossa fortaleza e a ajustar nossas estratégias de convivência, compreendíamos que, em meio a cada desafio, éramos todos participantes em um jogo evolutivo onde as regras eram reescritas a cada dia.

Morte e Vida

Com a ameaça dos gatos minimizada, voltamos nossa atenção para uma busca essencial: encontrar fontes sustentáveis de alimentos e água. Maria liderou expedições mais ousadas, enquanto cada um de nós carregava consigo a responsabilidade de contribuir para a sobrevivência do grupo.

Nossas incursões nos levaram a territórios desconhecidos, onde plantas exóticas e riachos cristalinos revelavam-se promissoras, mas também carregavam o perigo do desconhecido. Anna, com seu conhecimento científico, identificava plantas comestíveis e fontes de água, mas a margem de erro era mínima.

Em uma dessas expedições, enfrentamos um dilema mortal. Ao nos aproximarmos de uma árvore frondosa, Benjamin e mais alguns colheram frutos aparentemente inofensivos. No entanto, após consumi-los, Miguel começou a mostrar sinais de envenenamento.

O pânico se instalou enquanto tentávamos lidar com a emergência. Maria, com mãos trêmulas, procurou por qualquer antídoto natural, enquanto os outros observavam impotentes. Miguel, contorcendo-se de dor, era uma lembrança brutal de que, mesmo em um mundo transformado, a morte ainda espreitava a cada escolha que fazíamos.

A noite trouxe novos desafios. Em uma expedição noturna, à procura de madeira para reforçar nossos abrigos, nos deparamos com um grupo de animais maiores, agora reinando na ausência da humanidade. Silhuetas imponentes e olhos brilhando na escuridão indicavam que não éramos mais os predadores dominantes.

Uma emboscada foi montada por uma manada de animais selvagens, reagindo à nossa intrusão em seu território. Os gritos ecoaram na noite, mesclando-se com os rugidos e grunhidos dos predadores. Foi uma batalha desesperada pela sobrevivência, e quando a poeira baixou, percebemos que havíamos perdido um membro do nosso grupo.

A dor da perda ecoou entre nós, um lembrete cruel de que, apesar de nossos esforços conjuntos, a natureza era indiferente às nossas aspirações. Benjamin, com olhos pesarosos, ofereceu palavras de conforto, lembrando-nos da fragilidade da vida e da necessidade de aprendermos a viver com o imprevisível.

O medo e inquietação tomou conta do grupo. Cada passo adiante era uma aposta, uma aposta na nossa habilidade de decifrar os segredos da nova ordem. Não podíamos prever o que poderá acontecer completamente.

O sentimento de perda de um dos nossos pesava sobre nós como uma sombra, e o acampamento silencioso refletia a tristeza que pairava no ar. Sentados ao redor da fogueira, os rostos cansados exibiam marcas das provações recentes. Maria, com olhos determinados, quebrava o silêncio.

Maria:

— Precisamos continuar. Cada um de nós enfrentou desafios antes, e vamos superar isso juntos.

Benjamin (com voz trêmula):

— Não consigo acreditar que ele se foi. Eu nunca senti uma perda tão inesperada assim.

Anna (tentando reconfortar):

— Não podemos nos culpar. Estamos todos aprendendo a cada passo. Essa jornada é traiçoeira.

Emily (com a voz embargada):

— Ele não merecia isso. Nenhum de nós merece.

David (segurando a mão de Emily):

— Vamos honrar a memória dele continuando. É o que ele gostaria.

O acampamento permaneceu envolto em melancolia, mas, com o amanhecer, a necessidade de sobreviver nos empurrou adiante. A busca por alimentos e água tornou-se ainda mais vital, e cada escolha era agora tomada com um cuidado acrescido.

Durante uma discussão sobre o próximo local de exploração, David expressou suas preocupações.

David (frustrado):

— Não posso evitar pensar que tudo isso é inútil. Cada passo que damos é um risco. Não podemos confiar em nada aqui.

Maria (com firmeza):

— A incerteza faz parte da jornada. Precisamos ser cautelosos, mas não podemos parar.

Benjamin (calmamente):

— A perda nos lembra da urgência da nossa situação. Temos que nos adaptar e ser mais sábios em nossas escolhas.

Uma sensação de desânimo permeava o grupo, mas, apesar das dúvidas e do luto, a determinação ainda ardia em nossos corações. A trama da sobrevivência se desdobrava, revelando facetas de nossas personalidades que nunca imaginávamos ter.

Em uma noite de vigília, Emily refletiu sobre o fogo crepitante.

Emily (sussurrando):

— A morte está sempre lá fora, esperando por nós. Mas a vida também está aqui, entre nós. Precisamos encontrar equilíbrio nesse mundo incerto.

A noite escura envolvia o grupo enquanto descansavam entre as ruínas. O silêncio da noite era quebrado apenas pelos sussurros do vento. De repente, Benjamin despertou, sentando-se abruptamente, o coração martelando em seu peito.

Os raios de luzes nas nuvens iluminavam-se sutilmente na escuridão. Benjamin, ainda atordoado pelo pesadelo que o assombrava, iniciou um diálogo cauteloso:

— Alguém mais acordou assustado agora? Sonhei com.... — ele falou mostrando um rosto assustado. E após uma breve pausa continuou — com a morte de um de nós. Miguel tinha morrido envenenado com frutos selvagens.

A resposta foi imediata. Emily, a voz firme e reconfortante, respondeu:

— Benjamin, todos nós estamos ansiosos. Sonhos estranhos são apenas parte desse novo normal.

Mas Benjamin persistiu, a tensão em sua voz evidente — não foi apenas um sonho qualquer. Foi tão real, tão nítido. Sinto que algo ruim está prestes a acontecer.

Outras vozes pelo rádio expressaram preocupação, tentando acalmar Benjamin. Contudo, a inquietude persistia.

Então, a voz de Miguel, que Benjamin sonhara perder ecoou na noite adentro.

— Benjamin, estou aqui. Vivo e respirando. Foi só um pesadelo.

Um suspiro coletivo de alívio encheu a frequência. A morte que assombrava Benjamin no sonho era, na verdade, um lembrete de que estavam todos ali, vivos e unidos.

O diálogo continuou explorando as complexidades do medo e da ansiedade que permeavam a jornada do grupo. O pesadelo de Benjamin deixou uma marca indelével na consciência do grupo, servindo como um lembrete de que, mesmo em um mundo transformado, os sonhos poderiam ser janelas para o desconhecido, às vezes refletindo apenas nossos próprios temores e incertezas.

Sombras e Cicatrizes

O grupo continuava a jornada pela paisagem mutante. Nosso próximo desafio era mapear uma região onde relatos de fontes de água potável eram escassos, mas a necessidade imperiosa nos impelia adiante.

Atravessamos uma floresta densa, onde as árvores pareciam contar histórias de séculos de mudanças. À medida que avançávamos, uma névoa sinistra envolvia o ar, acentuando o silêncio imponente da natureza reivindicada. Os suspiros do vento eram como sussurros, contando segredos de um mundo que ainda tateávamos para entender.

Maria (com cautela):

— Estamos nos aproximando da área. Todos, estejam alertas.

Anna (sussurrando):

— Essa névoa... Sinto que esconde algo.

Miguel (olhando ao redor):

— Se há água aqui, será um alívio. Mas também pode haver perigos escondidos.

Enquanto avançávamos, a névoa começou a se dissipar, revelando um lago tranquilo no centro de um claro na floresta. As águas pareciam calmas, mas o reflexo dos sobreviventes na superfície mostrava olhos cansados e expressões carregadas de preocupação.

Emily (olhando para a água):

— Parece segura, mas nada aqui é o que parece.

David (apertando a mão de Emily):

— Temos que testar antes de confiar. Cautela nunca é demais.

O mais experiente entre nós, examinou as margens do lago.

Benjamin (pensativo):

— Podemos criar filtros improvisados para purificar a água. Mas não podemos baixar a guarda.

Enquanto nos preparávamos para coletar água, uma sombra se movia nos cantos da floresta. Os olhos afiados dos sobreviventes seguiram o movimento, conscientes de que nem todos os perigos vinham da natureza.

Maria (em guarda):

— Algo se aproxima. Fiquem prontos.

Dos recantos sombrios emergiu uma criatura, um predador camuflado que observava nossa presença com curiosidade. Não era hostil, mas a incerteza pairava no ar. Era uma criatura que se adaptara ao novo mundo, assim como nós. Ele tinha dois chifres na fronte de sua cabeça e dois chifres em forma de olheiras, barbichas e pelos como um bode, olhos grandes e focinho como os de um gato.

Anna (surpresa):

— Nunca vi algo assim. Não está nos registros.

Benjamin (calmo):

— A adaptação é a chave. Cada ser aqui está lutando pela sua própria sobrevivência. Fica calmo aí, Barbicha. Hehe — brincou.

— Nosso vizinho já tem nome — retrucou David, brincou.

Ao redor do lago, o grupo compartilhou olhares tensos. Cada um carregava medos silenciosos, cicatrizes emocionais e físicas da jornada árdua. A criatura curiosa serviu como lembrete de que, assim como ela, éramos todos estrangeiros neste novo mundo.

Miguel (refletindo):

— Às vezes, sinto que não pertencemos a lugar nenhum.

Emily (abraçando Miguel):

— Talvez este seja o novo normal. Aceitar o desconhecido.

David (olhando para o horizonte):

— Continuaremos, não importa o que aconteça. Temos que encontrar nosso lugar aqui.

Assim, entre sombras e cicatrizes, desenrolava-se como um diário de nossa jornada. Cada um lidava com seus medos, encontrando força na união e na determinação de enfrentar o desconhecido.

A criatura observadora, à medida que nos tornávamos mais familiares, revelou-se inofensiva. Era uma manifestação da evolução do mundo, uma testemunha silenciosa da dança constante entre vida e adaptação. Enquanto coletávamos água e estabelecíamos um acampamento temporário à beira do lago, a criatura permaneceu nas proximidades, como um guardião curioso.

Anna (sussurrando):

— Pode ser que estejamos, de certa forma, compartilhando esse mundo com outras formas de vida que surgiram após nós.

David (olhando para a criatura):

— A adaptação é a chave, como Benjamin disse. Não podemos esquecer disso.

À noite, enquanto nos reuníamos ao redor da fogueira, compartilhamos histórias. Cada um revelava seus medos mais profundos, as cicatrizes emocionais da perda e os anseios por um futuro incerto.

Maria (com determinação):

— Precisamos seguir em frente. Não podemos permitir que o medo nos paralise.

Miguel (olhando para o lago):

— Mas, e se não houver mais futuro? E se tudo isso for em vão?

Emily (tocando o ombro de Miguel):

— Não podemos perder a esperança. O futuro é incerto, mas ainda estamos aqui, juntos.

As criaturas se moviam nas sombras da noite ao nosso redor, e o reflexo da fogueira revelava rostos cansados, mas esperançosos. Cada um de nós enfrentava seus demônios internos, mas a união do grupo era um farol de esperança.

Benjamin (com sabedoria):

— Somos os arquitetos do nosso destino. Não podemos mudar o passado, mas podemos moldar o futuro.

O lago refletia a luz das estrelas como um espelho. As cicatrizes eram visíveis em nossos corações, mas, naquela noite, elas foram iluminadas pela chama da perseverança.

O grupo continuava a se desdobrar, registrando não apenas a luta pela sobrevivência, mas também a busca por significado e esperança em um mundo transformado. Fortalecido pela adversidade, preparava-se para enfrentar os desafios que ainda estavam por vir.

Com o acampamento estabelecido à beira do lago, iniciamos a busca por alimentos na floresta circundante. A experiência de cada membro do grupo tornou-se evidente quando identificamos plantas comestíveis, rastreamos animais pequenos e descobrimos estratégias para coletar recursos de forma eficiente.

Anna (examinando uma planta):

— Essa aqui é rica em nutrientes. Podemos usá-la como base para uma refeição.

David (apontando para rastros):

— Vejam, há sinais de pequenos animais por aqui. Podemos tentar uma caçada leve.

Enquanto nos movíamos com cautela pela floresta, os vestígios da vida selvagem tornaram-se mais evidentes. Rodeados pela natureza em constante evolução, aprendemos a ler os sinais deixados por animais adaptados ao novo ecossistema.

As árvores pareciam sussurrar histórias de sobrevivência. A floresta era um labirinto de oportunidades e perigos, e nosso grupo estava determinado a encontrar o equilíbrio entre a necessidade de alimentação e o respeito pelos ciclos naturais.

Maria (analisando uma trilha):

— Vamos com cuidado. Podemos ter sorte hoje.

Após horas de exploração, encontramos um riacho onde a vida pulsava em abundância. Pequenos peixes nadavam nas águas cristalinas, e aves ágeis mergulhavam em busca de presas. Era uma cena de atividade vital, e nossos olhos brilharam com a promessa de uma refeição farta.

Emily (surpreendida):

— Olhem ali! Podemos pescar. Isso deve ser seguro.

Miguel (olhando em volta):

— E as aves também. Podemos criar armadilhas simples para capturar algumas.

Com habilidade e coordenação, o grupo começou a colher os frutos da terra. Criamos redes improvisadas, armadilhas de pesca e utilizamos nossa perícia na identificação de plantas para criar uma refeição variada e nutritiva.

Ao retornarmos ao acampamento com nossa colheita, os rostos cansados se iluminaram com uma faísca de esperança. A refeição compartilhada ao redor da fogueira tornou-se um ritual de celebração e renovação de forças.

Benjamin (sorrindo):

— A vida persiste, mesmo em meio à adversidade. Esta é uma vitória importante para todos nós.

Cada bocado de vitórias era um lembrete de nossa capacidade de adaptação, de encontrar soluções mesmo nos momentos mais desafiadores. A floresta parecia um aliado em nossa jornada pela sobrevivência.

Enquanto a noite avançava e os sons da floresta nos cercavam, a fome foi substituída por uma sensação de realização e a crença de que, mesmo no mundo transformado, éramos capazes de construir nossos próprios destinos.

Luz na Escuridão

A refeição compartilhada ao redor da fogueira marcou um ponto de virada para o grupo. Sob o manto estrelado, a floresta sussurrava uma variedade de sons e de vida noturna, enquanto nós, os sobreviventes, compartilhávamos histórias e esperanças em meio às noites.

Maria (erguendo a taça improvisada):

— À nossa perseverança e àqueles que não estão mais conosco. Que a luz continue a brilhar, mesmo nas horas mais escuras.

O brinde ecoou entre as árvores, um tributo à perseverança que nos manteve unidos diante dos desafios. A fogueira projetava sombras que pareciam contar histórias de superação, nos fornecendo um farol de calor e conforto.

Anna (olhando para o céu estrelado):

— Há algo mágico nesta escuridão. Parece conter segredos que ainda não descobrimos. As estrelas enfeitam o céu, iluminando nossas noites. Ainda bem que a lua clareia de tal forma que nem consigo imaginar a sua falta.

David (com um sorriso):

— Cada estrela ali em cima é um lembrete de que, mesmo em meio à escuridão, há pontos de luz.

A noite se desenrolava como um véu, revelando uma trégua temporária. Os corações que, pouco tempo atrás, estavam sobrecarregados pelo peso da incerteza, agora encontravam um alívio momentâneo.

Emily (observando a fogueira):

— Nunca imaginei que veríamos beleza neste novo mundo. Tão pertinho assim. Nunca tivemos esse prazer, essa percepção das coisas a nossa volta.

Miguel (com esperança):

— Talvez estejamos contemplando uma transformação não apenas da Terra, mas de nós mesmos. Podemos melhorar como pessoas ou como indivíduos participantes dessa natureza.

Enquanto compartilhávamos nossos pensamentos e sonhos sob as estrelas e da lua, uma sombra familiar emergiu da escuridão. A criatura que antes observava de longe se aproximou lentamente, como se quisesse participar da comunhão noturna.

Benjamin (estendendo a mão):

— Seja bem-vinda. Você também é parte desta história.

A criatura, agora mais próxima, parecia aceitar nosso convite. Suas características eram únicas, assim como as nossas. A conexão entre nós, sob a luz da fogueira, transcendia as diferenças. Éramos todos viajantes em um mundo redefinido.

Na manhã seguinte, a luz do sol rompeu a escuridão, pintando o céu com tons de esperança. Enquanto desmontávamos o acampamento, o lago e a floresta testemunhavam um grupo que, apesar das cicatrizes, marchava adiante com determinação renovada.

Maria (olhando para o horizonte):

— O futuro ainda é incerto, mas cada amanhecer é uma promessa de possibilidades que não podemos perder.

Até agora tudo demonstrava não apenas o crescimento espiritual do grupo, mas a aceitação de que a escuridão e a luz eram partes inseparáveis nessa jornada humana. A floresta, o lago e as estrelas se tornaram partícipes de uma história de sobrevivência, resiliência e, acima de tudo, a busca por significado em um mundo transformado.

Com o novo dia, decidimos explorar além da floresta e do lago. A possibilidade de encontrar comunidades sobreviventes e recursos nos impulsionaram a avançar cada vez mais. A criatura que nos acompanhava nos tornou uma companhia constante, mesmo distante, um símbolo de harmonia entre os habitantes originais do mundo e os recém-chegados.

Anna (examinando um mapa improvisado):

— Há uma cidade próxima que costumava ser um centro industrial. Podemos encontrar suprimentos lá.

David (preparando os equipamentos):

— Vamos torcer para que a esperança não seja apenas um reflexo do sol nas águas. É cansativo procurar algo que não sabemos existir. Triste… Hehehe.

Nosso grupo partiu em direção à cidade com a determinação de explorar o desconhecido. Enquanto avançávamos, encontramos ruínas da civilização humana, lembranças de uma era que havia desaparecido.

À medida que nos aproximávamos da cidade, avistamos estruturas desmoronadas, edifícios que demonstravam tempos melhores. O silêncio da cidade abandonada era ensurdecedor, e nossos passos ecoavam pelas ruas desertas.

Maria (com cautela):

— Este lugar parece congelado no tempo. Saudade de tudo isso. O que podemos encontrar aqui?

Miguel (olhando para um prédio):

— Vamos explorar com cuidado. Talvez encontremos algo útil. Ou pior, algo perigoso. Devagar...

Ao entrar nos escombros urbanos, nossos sentidos ficaram alertas para qualquer sinal de vida, humana ou não. Cada passo era uma jornada pela história, uma busca por pistas sobre o que acontecera naquelas ruas outrora movimentadas.

Benjamin (encontrando um livro empoeirado):

— Acho que podemos aprender muito com o que restou aqui. A história não se perdeu completamente.

Emily (examinando uma parede com grafites):

— A criatividade humana ainda persiste, mesmo em meio à ruína.

Enquanto explorávamos, percebemos movimentos estranhos. A cidade não estava tão deserta de gente quanto imaginávamos. Outros sobreviventes, como nós, adaptaram-se ao ambiente urbano. Um encontro tenso, mas nem chegamos a ver outros sobreviventes. Talvez o mesmo cuidado que estamos tendo possa assustar qualquer um encontrar e ser encontrado.

Anna (sorrindo):

— Não estamos sozinhos. Vejam os rastros. Não devem estar aqui desde sei lá quantos anos. Outros conseguiram sobreviver também, com certeza.

Miguel (com as mãos dando sinal de calma):

— Vamos tentar não chamar atenção por enquanto. Não sabemos por qual motivo ainda não nos contataram, se realmente eles estiverem por perto.

A Terra continuava a desvendar um mosaico complexo de esperança e desafios. A cidade abandonada tornou-se não apenas um cenário de desolação, mas um campo de possibilidades. Unidos pela busca por recursos e uma nova comunidade, o grupo enfrentaria os mistérios da cidade com a mesma resiliência que os trouxe até ali.

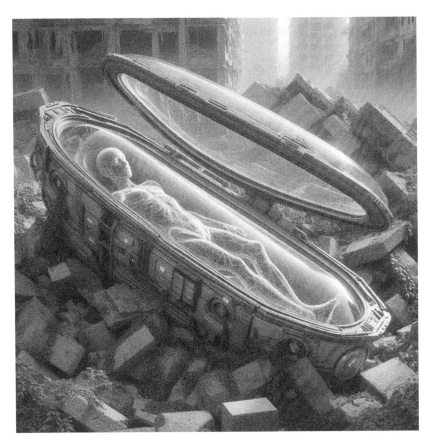

Ao explorar os prédios abandonados da cidade, encontramos uma estrutura que parecia ter resistido ao teste do tempo. Uma espécie de centro de pesquisa, ainda em parte intacto, revelou informações surpreendentes sobre o que havia acontecido com a humanidade e com o mundo.

Anna (examinando documentos empoeirados):

— Isso é incrível. Parece ser um arquivo de preservação de informações.

Dentro da estrutura, descobrimos escrituras e registros protegidos pelo tempo, indicando que, antes do colapso da sociedade, algumas mentes visionárias perceberam a iminência de um desastre global. Esses registros detalhavam um projeto audacioso: a preservação da humanidade em tubos de estase, material plástico, tampa de vidro, uns abertos, entre os escombros de prédios cobertos pela vegetação densa.

Benjamin (surpreso):

— Parece que alguém tentou nos dar uma segunda chance. Engenharia muito interessante a desses tubos. Talvez muitos não deram sorte como a gente.

Os documentos revelavam que, diante de ameaças ambientais, mudanças climáticas drásticas e conflitos, a humanidade tentou garantir sua continuidade. Cientistas, filósofos e líderes colaboraram para criar um plano de sobrevivência.

Maria (lendo uma mensagem deixada):

— "Se você está lendo isso, é porque sobreviveu ao longo do tempo. Nós confiamos em você para reconstruir o mundo. Que Deus os ajude nessa reconstrução, sem nossos erros, sem nossos vícios que vieram ao longo de nossa história."

O grupo absorveu a magnitude do que descobrimos. Éramos os herdeiros de uma missão que transcendia nossas próprias lutas diárias. As cidades podem se tornar os centros dessa esperança. Mas, por enquanto, as florestas parecem mais confiáveis e seguras, pelo estado em que se encontram esses prédios.

Enquanto mergulhávamos nas escrituras, encontramos detalhes sobre as causas da possível extinção da humanidade. Mudanças climáticas extremas, esgotamento de recursos naturais, conflitos globais e a degradação acelerada do meio ambiente foram identificados como os principais catalisadores do colapso. Nada de concreto por enquanto. Muita coisa a ver, encontrar, estudar. Além da nossa prioridade: nos manter vivos!

Miguel (refletindo):

— Cometemos erros monumentais realmente. Ignoramos os sinais e pagamos o preço. Isso a gente já vinha acompanhando pelos noticiários.

Emily (olhando para o horizonte):

— Esta é a nossa oportunidade de corrigir esses erros. De construir um futuro melhor. Mas primeiro temos que encontrar um lugar seguro para sobreviver.

— Sim, concordo. Depois temos que ver onde ficaremos por enquanto e se vamos explorar outras áreas a procura de alguma novidade boa. Embaixo de toda essa vegetação e destroços tem muitos animais rastejantes, que a gente nem sabe se podem ser tão perigosos quanto imaginamos — reforça Maria, apontando para as áreas de possíveis infestações de criaturas venenosas.

Os registros deixados para trás serviam como uma narrativa da nossa própria jornada. A descoberta da verdadeira extensão dos esforços para preservar a humanidade fortaleceu nosso propósito. Cada passo que dávamos na cidade abandonada era uma resposta ao apelo do passado.

David (determinado):

— Vamos tentar honrar a confiança que depositaram em nós. Temos uma responsabilidade para com aqueles que vieram antes e nos deixaram viver para isso.

Os registros preservados no centro de pesquisa revelaram uma narrativa dolorosa, mas, ao mesmo tempo, cheia de determinação. Na busca por explicações sobre a possível extinção da humanidade, mergulhamos mais profundamente nos escritos deixados aos sobreviventes.

Anna (lendo):

— "Nosso mundo estava em desequilíbrio. As atividades humanas desenfreadas, a exploração insustentável dos recursos naturais e a negligência em relação ao meio ambiente tornaram-se nosso próprio veneno."

As escrituras detalhavam os sinais prévios ao colapso, advertências ignoradas e uma sequência de eventos catastróficos. O aumento das temperaturas globais, eventos climáticos extremos, colapsos econômicos e guerras por recursos escassos desencadearam uma espiral de destruição.

Benjamin (refletindo):

— Parece que, em muitos aspectos, fomos os responsáveis pela nossa própria queda. Todos esses erros é que nos levaram a extinção.

Essa quase extinção levou a uma colaboração global sem precedentes. Mentes brilhantes de várias disciplinas uniram forças para criar um plano radical de preservação. Os tubos de estase foram desenvolvidos como uma última tentativa de salvar a diversidade genética humana e preservar o conhecimento acumulado ao longo dos séculos.

Maria (compreendendo):

— Eles nos colocaram em hibernação, esperando que um dia acordaríamos em um mundo regenerado, ou sem alguma perspectiva aparente.

Ao longo dos anos em estase, a Terra passou por um processo natural de cura, regeneração e mudanças. Ecossistemas se recuperaram, a atmosfera limpou-se e a natureza encontrou um novo equilíbrio. O projeto de preservação tinha como objetivo proporcionar uma segunda chance à humanidade, uma oportunidade de começar de novo. Alguns problemas ainda resistiram ao tempo.

Emily (olhando para os tubos de estase):

— Então, este é o renascimento que nos foi concedido?

Enquanto digeríamos a magnitude do que aprendemos, também ficou claro que outros tubos de estase, semelhantes aos nossos, foram dispersos em locais-chave ao redor do mundo. A certeza de encontrar outros sobreviventes é quase uma confirmação do que encontramos até agora.

Miguel (olhando para o horizonte):

— Não estamos sozinhos nesta jornada, com certeza. Há outros lá fora, como nós, esperando serem encontrados. Ou assustados, mais do que nós — sorrir para o grupo.

Esta cidade nos deu um ponto de partida para a continuarmos nossa expedição. Carregados com o fardo da responsabilidade e a promessa de um novo começo, nosso grupo partiu daquele centro de pesquisa, guiados pela missão de redescobrir uma humanidade que há muito havia sido perdida.

Segredos

O grupo de sobreviventes se reuniu na sala central do centro de pesquisa, cercado pelos vestígios deixados, à luz tênue que penetrava pelas frestas nas paredes, eles olharam para os documentos antigos, revelando um pouco da verdade sobre sua existência encapsulada.

Emily (com um tom de surpresa):

— Então, aqueles tubos de estase foram projetados para nos manter vivos durante todo esse tempo?

Miguel (refletindo):

— Parece que os cientistas acreditavam que poderíamos ser a chave para a continuidade da vida humana.

Maria (olhando para os registros):

— Esses lugares — uma pausa — eram uma espécie de última tentativa para a manutenção da história da humanidade. E nós somos os escolhidos. Muita responsabilidade para quem quer sobreviver em primeiro lugar.

David (com uma pitada de incredulidade):

— Vocês estão dizendo que ficamos dormindo enquanto o mundo mudava ao nosso redor? Enquanto nossos familiares e amigos morriam?

Anna (navegando pelos documentos):

— Não é apenas isso. Parece que os cientistas, os líderes, todos colaboraram para nos dar uma segunda chance. Eles já sabiam que a Terra não tinha mais esperança, que nós iríamos sucumbir, morrer. Não tinham como salvar todos. Até porque nem todos queriam ser salvos. Vocês sabem como nós, humanos, somos: uma linha tênue entre o bem e o mal.

Benjamin (com seriedade):

— Eles confiaram em nós para recomeçar, para aprender com os erros do passado. Somos um experimento, uma esperança. Não importa. Acho que deu certo para eles. Resta agora tentarmos terminar esse trabalho ou desistir. Eu me sinto agradecido pela chance. Até em nome dos meus próximos.

O silêncio pairou na sala enquanto cada um absorvia a magnitude do que acabavam de descobrir. A carga dessa responsabilidade e a sensação de serem os escolhidos pela continuidade ou não da humanidade pesavam sobre seus ombros.

Emily (quebrando o silêncio):

— Então, estamos aqui para construir um novo começo. Para honrar aqueles que nos colocaram nesses tubos e a história da família de cada um de nós.

Miguel (com determinação completa):

— E para aprender com os erros que levaram à extinção. Não podemos repetir os mesmos equívocos de nossos contemporâneos.

Maria (olhando para o grupo):

— Verdade. Somos o elo entre o que foi perdido e o que ainda pode ser conquistado. Não podemos falhar, não por eles, não por nós.

Enquanto o grupo absorvia a revelação de sua própria existência, uma sensação de propósito emergiu. Eles se tornaram os curadores do futuro, os escolhidos para moldar o destino da humanidade num mundo que se transformava constantemente.

David (com uma pitada de esperança):

— Então, para onde vamos a partir daqui?

Anna (olhando para o horizonte):

— Vamos explorar mais. Descobrir o que resta neste mundo. E, quem sabe, encontrar outros como nós, lugares seguros, comida, água.

Essa nova era prometia uma jornada emocional e desafiadora para os sobreviventes. Cada palavra trocada naquela sala escura selou seu destino como os protagonistas involuntários de uma nova Terra.

Convivência

Com a revelação de sua missão e a responsabilidade que recaía sobre seus ombros, o grupo de sobreviventes sentiu uma mudança palpável na dinâmica do seu convívio. Decisões cruciais se aproximavam.

O sol poente lançava sombras alongadas enquanto os exploradores retornavam ao local que haviam escolhido para acampar. O acampamento rudimentar, com fogueiras acesas e improvisos de abrigo, tornou-se um ponto de apoio em suas vidas pós-apocalípticas.

Emily (sentando-se ao redor da fogueira):

— Parece surreal, não é? Estamos aqui, juntos, com a missão de reconstruir e tentar dar continuidade a uma espécie tão destruidora.

David (olhando para as chamas):

— Nunca imaginei que seria responsável por algo tão grande. Confesso que me sinto empolgado.

Maria (com um toque de otimismo):

— Mas é isso que fazemos agora. Nós estamos decidindo o que vem a seguir.

A busca por alimentos, a proteção contra animais selvagens e a exploração de territórios desconhecidos se tornariam elementos intrínsecos à liberdade imaginária de cada um.

Anna (examinando um mapa improvisado):

— Temos que estabelecer rotinas, criar estratégias de sobrevivência. Não sabemos o que nos espera lá fora. Acho que deveremos ir ao encontro de muitos perigos. Sozinhos não vejo como sobreviver nesse mundo.

Benjamin (olhando para o grupo):

— E precisamos nos apoiar mutuamente. Juntos, podemos ser mais fortes. Não se afastem muito uns dos outros. Gritem, peçam ajuda, corram. Se der, subam nas árvores, se escondam nos escombros.

Os diálogos entre os personagens destacariam as diferentes perspectivas sobre como enfrentar os desafios. Conflitos surgiriam, mas também momentos de solidariedade e compreensão mútua.

Miguel (refletindo):

— Vejo que cada um de nós tem habilidades únicas. Vamos entender e aproveitar isso que está a nosso alcance.

Emily (com um toque de humor):

— Quem imaginaria que meu hobby de acampar se tornaria uma habilidade valiosa agora?

A noite caía, mas o acampamento improvisado seria iluminado pelas faíscas de esperança e persistência pela vida. A jornada deles não seria fácil, mas cada desafio seria enfrentado com coragem e determinação.

David (olhando para o céu estrelado):

— Não podemos esquecer porque estamos aqui. Somos a última esperança da humanidade. Esperança para nós mesmos também. Que Deus nos ajude!

Big Bang

O Dia amanheceu mais uma vez. O sol surgia mais cedo. Talvez pela falta de luzes, o céu se mostrava para nós de uma forma mais voluptuosa. Centenas de pássaros, o vento forte, nuvens cinzentas ao horizonte. Qualquer som era bem-vindo de dia. À noite, eita, batidas forte em nossos corações. Alguns dias decidimos juntos andar mais. Conhecer o terreno aos poucos ao nosso redor.

Explorando as ruínas de outra região, encontramos uma cidade coberta também pela vegetação, deparando-se com dois tubos de conservação misteriosos. Ao abri-los, Raul e Elena emergem, rostos pálidos e olhos surpresos. Aos poucos o susto e a sensação desorientadora vão logo passar. Todos tentam explicar o que ninguém ainda tem o conhecimento total da situação.

A dinâmica do grupo se reconfigura com a chegada de Raul e Elena, cujo conhecimento técnico e experiência agregam uma nova dimensão à luta pela sobrevivência. Diálogos fluem enquanto trocam histórias sobre o mundo que deixaram para trás, seus propósitos na conservação e os desafios que enfrentaram enquanto preservavam a semente da humanidade.

A expressão de surpresa logo deu lugar a um diálogo animado.

Emily cumprimentou os recém-chegados com um aceno caloroso.

— Bem-vindos ao nosso mundo, ou ao que restou dele. Como vocês chegaram aqui?

Raul, com olhos penetrantes e serenidade no tom de voz, explicou:

— Fomos escolhidos para preservar a diversidade genética da humanidade. Assim como vocês, fomos encapsulados por cientistas que planejaram o renascimento da humanidade.

Elena acrescentou:

— Estávamos em sono criogênico, monitorados por inteligência artificial. Só deveríamos despertar quando as condições fossem ideais para a sobrevivência.

Os outros sobreviventes, curiosos e ávidos por compreender mais, bombardearam Raul e Elena com perguntas. Diálogos fluíram enquanto compartilhavam experiências, descobrindo os desafios enfrentados enquanto preservavam a semente da humanidade.

Benjamin, sempre contemplativo, perguntou:

— Vocês sabiam que existiria um mundo assim quando acordassem?

Raul sorriu com tristeza.

— Tínhamos esperança de encontrar um mundo regenerado, mas a extensão do estrago humano é mais profunda do que imaginávamos. Parece que não sobrou muita coisa, não é mesmo?

Emily, percebendo a adição de habilidades únicas ao grupo, disse:

— Juntos, podemos ser mais fortes, como Benjamim disse outro dia. Por isso, entendo que nosso objetivo é o mesmo: sobreviver e preservar o que resta da nossa história. O que acham? Vamos juntos nessa experiência? — O que todos concordaram imediatamente.

Os diálogos entre os sobreviventes revelaram não apenas a complexidade de suas histórias individuais, mas também o início de uma nova compreensão coletiva. O grupo se lançava numa trama intricada da convivência, unidos por um propósito compartilhado em um mundo transformado.

Enquanto a noite avançava, os sobreviventes se reuniram ao redor de uma fogueira improvisada. Raul, com sua serenidade, começou a compartilhar histórias sobre o mundo que deixaram para trás.

— Era um lugar de desafios, mas também de beleza. Não imaginávamos que o renascimento seria tão árduo. Apesar de que antes tudo estava se deteriorando, eu gostava de viver em meios às loucuras dos homens e mulheres da nossa época.

Elena, com sua perspicácia técnica, detalhou a tecnologia dos tubos de conservação.

— Os cientistas queriam garantir que a diversidade genética fosse preservada para que a humanidade tivesse uma chance real de recomeçar. Parece que eles nos escolheram a dedo. Dá para notar que somos diferentes de alguma forma uns dos outros.

Diálogos variados surgiram à medida que os sobreviventes trocavam experiências e discutiam estratégias para enfrentar os desafios do novo mundo. Emily destaca a importância da cooperação.

Benjamin, observando atencioso, finalmente quebrou seu silêncio mais uma vez.

— Se os cientistas planejaram nossa preservação, quem ou o que os preservou tanto tempo?

Raul hesitou antes de responder.

— Nós não sabemos ao certo. Os tubos foram equipados com inteligência artificial, mas as informações sobre o que aconteceu após o nosso encapsulamento são limitadas.

A noite continuou com risos, reflexões e a promessa de uma nova compreensão entre os sobreviventes. Raul e Elena, parte integrante nessa convivência agora, trouxeram conhecimento e mais esperança, enquanto o grupo enfrentava o desconhecido unido por laços recém-formados.

Apesar da alegria de novos personagens, a vida desses integrantes permanece com a promessa de um amanhã incerto, mas com a confiança de que, juntos, poderiam enfrentar qualquer desafio que o mundo pós-apocalíptico apresentasse. A nova vida prometia explorar as nuances da convivência humana em um mundo transformado. Enquanto o grupo enfrentava os perigos externos, também teria que lidar com os conflitos internos e encontrar maneiras de equilibrar a busca pela sobrevivência com a preservação da humanidade e seus valores.

Os personagens do grupo de sobreviventes agora são mais variados, adicionando profundidade e diversidade, cada um com suas próprias habilidades, histórias e perspectivas:

Emily: Bióloga marinha aposentada, especializada em ecossistemas marinhos. Ela traz conhecimento valioso sobre a vida aquática e a capacidade de identificar plantas comestíveis.

Miguel: Engenheiro civil com habilidades em construção e reparos. Sua experiência o torna crucial na criação de abrigos temporários e na manutenção dos equipamentos do grupo.

Maria: Médica aposentada, agora a cuidadora do grupo. Sua habilidade médica e conhecimento sobre plantas medicinais são vitais para a sobrevivência em um mundo pós-apocalíptico.

David: Ex-militar, com treinamento em estratégias de sobrevivência e habilidades de combate. Ele se torna o defensor do grupo, protegendo-os de amcaças externas.

Anna: Cientista ambiental, especializada em ecologia e conservação. Sua compreensão dos processos ecológicos é crucial para navegar pelos novos ecossistemas em evolução.

Benjamin: Professor de história, carregando consigo conhecimentos sobre a evolução da sociedade humana. Ele atua como a voz da sabedoria e mantém a moral do grupo.

Elena: Engenheira de sistemas, com habilidades em tecnologia e comunicação. Sua experiência é essencial para lidar com os vestígios da tecnologia humana remanescente.

Raul: Jovem botânico e agricultor, com conhecimento sobre cultivo e colheita de alimentos. Ele desempenha um papel vital na busca por fontes de alimentação sustentável.

Cada personagem carrega consigo habilidades únicas, histórias de vida e perspectivas diferentes, o que contribui para a riqueza da narrativa. Suas interações e desafios pessoais adicionam complexidade à trama, tornando a história mais envolvente e significativa.

A noite se estendia sobre o acampamento, e a fogueira lançava sombras dançantes sobre os rostos cansados dos sobreviventes. Sentados em círculo, cada um compartilhava suas experiências, habilidades e preocupações.

Emily (olhando para a fogueira):

— Lembro-me de estudar os recîfes de coral. Agora, tudo o que resta são lembranças e a incerteza do que há sob as águas.

Miguel (afagando o mapa):

— Fizemos um bom progresso hoje, mas ainda há muito trabalho para garantir que nossos abrigos sejam seguros.

Maria (pensativa):

— Viemos de diferentes campos, mas estamos unidos por um propósito comum. Cada um de nós é uma peça vital neste quebra-cabeça. Tudo bem?

David (olhando para o horizonte):

— Eu estava acostumado a seguir ordens, mas agora — respira fundo — é como se fôssemos uma pequena nação por conta própria. Não temos mais reis e rainhas, presidentes, para estabelecerem regras, normas, orientações de convívio. Mas podemos criar nossa própria regra de conduta.

Anna (olhando para o mapa):

— Estamos moldando um novo mundo, e cada decisão que tomamos tem um impacto duradouro. Concordo com você, David, quanto a não fazermos nada que tenha impacto negativo na vida dos outros, ou que também não afete o grupo.

Benjamin (com uma expressão séria): Podemos reescrever a história, a partir de agora. As melhores regras são aquelas que todos são unânimes em aceitar. Que legado deixaremos para aqueles que vierem depois? Que tal a gente pensar nisso depois? Antes, temos que seguir nossa meta diária, o.k.?

Elena (examinando um dispositivo antigo):

— Esta era tecnológica que parece extinta para nós deve ter deixado cicatrizes profundas na Terra. Talvez, com o tempo, possamos encontrar maneiras de curar o que foi danificado, encontrando um modo de viver a partir do zero.

Raul (olhando para suas mãos calejadas):

— Cultivar alimentos nesta nova terra deverá ser um desafio, mas estou disposto a enfrentar. Posso ajudar nisto. Tenham cuidado com qualquer alimento suspeito. Podem estar contaminados ou alteradas suas composições químicas, o que seria inesperado para nosso organismo. Até o solo pode ter nova composição. Sem equipamentos certos, não temos como saber, senão pela experimentação.

Enquanto compartilhavam suas histórias, os sobreviventes percebiam a interconexão de suas habilidades e experiências. Cada um desempenhava um papel vital nessa nova sociedade que estavam construindo.

Emily (com um sorriso):

— Somos uma equipe diversificada, mas tenho a impressão que isso é o que nos torna mais interessantes.

Miguel (batendo no ombro de David):

— Acho que precisamos de suas habilidades militares agora mais do que nunca. Estou contigo — sorrindo.

Todos sorriem também. Um momento de descontração.

David (acenando com a cabeça):

— Podem contar comigo também. Vamos superar isso juntos. Não sei se posso ajudar muito, mas vou me esforçar.

Cada passo dado pelos sobreviventes moldava o caminho para um futuro inserto. Em meio às histórias compartilhadas, laços mais profundos se formavam, e a promessa de uma comunidade resiliente se consolidava sob as noites sem luz, dando passos incertos, mas corajosos, deles rumo ao desconhecido.

O murmúrio da noite envolvia o grupo, que se acomodava em volta da fogueira, compartilhando não apenas histórias, mas também sonhos e receios.

Maria (olhando para o mapa):

— Cada decisão que tomamos afeta não apenas nós mesmos, mas o que resta deste mundo. Precisamos ser sábios em nossas escolhas.

Benjamin (assentindo):

— É, realmente. Temos que aprender muita coisa ainda. Não podemos repetir os mesmos equívocos dos que nos levaram à extinção de nossa espécie. Muito embora, não tivemos muita coisa a fazer nesse sentido. Tomara que consigamos sobreviver, pelo menos. Não que eu queira ser desanimador...

Raul (cuidando das plantas ao redor):

— Cultivar a terra será fundamental para nossa sobrevivência. Precisamos entender esse novo ecossistema. Ter cuidado com plantas desconhecidas ou estranhas, como aquela — apontando para um arbusto estranho.

Anna (refletindo):

— Verdade. Hehehe. Cada um de nós traz um conjunto único de conhecimento. É como se estivéssemos começando do nada o mundo. Seria um novo Big Bang?

Elena (examinando um dispositivo antigo):

— A tecnologia que resta pode ser nossa aliada, mas também uma ameaça. Temos que usá-la com cuidado, da melhor forma que pudermos.

David (olhando para a escuridão além do alcance da fogueira):

— Pode ser mesmo Anna, um Big Bang no sistema, um reset. Não duvido de mais nada. A gente abusou de destruir a natureza, os animais, as relações. Tantas regras para nos manter certinhos, tantas coisinhas sem sentido para criar guerras.

A conversa evoluía para uma reflexão sobre o propósito do grupo, sobre como equilibrar a sobrevivência imediata com a preservação de valores e ética humanos. A noite se tornava um conselheiro quieto e perturbador, assistindo o nascimento de uma nova e pequena sociedade.

Emily (com uma pitada de esperança):

— Talvez, no final das contas, possamos ser melhores do que éramos. Esta é a chance de corrigir os nossos erros do passado. Fazer valer nossa essência. Para o bem é claro.

Miguel (olhando para os rostos ao redor):

— Gente, unidos, podemos enfrentar qualquer coisa. Sinto que não somos os únicos nessa luta. Vejam quantos animais superaram a nossa falta. Aliás, acho que a gente tentou extinguir todos eles, mesmo que sem intenção alguma. Então, eles devem estar bem melhores sem nós — apontando para fora do grupo.

As conversas continuavam a desenrolarem-se, destacando não apenas os desafios práticos que o grupo enfrentava, mas também os desafios emocionais. Os diálogos fluíam como um concerto de vozes, cada uma contribuindo para a narrativa única da nova sociedade que estava surgindo após nossa quase extinção.

Enquanto a fogueira crepitava e as sombras dançavam ao redor do acampamento, os sobreviventes continuavam a compartilhar suas experiências e aspirações. A conversa se aprofundava, revelando não apenas os desafios enfrentados, mas também os sonhos que alimentavam a esperança de cada um.

Maria (olhando para as estrelas):

— Há tanta beleza neste novo mundo para a gente descobrir, mas também tanta fragilidade. Precisamos protegê-lo tanto quanto ele nos protege. Ou talvez não tentar destruí-lo bastaria. Imaginem o mundo todo cheio de animais e criaturas que nem podemos descrever ou catalogar? Não com o que temos hoje.

David (observando o horizonte escuro):

— É., mas sem uma estrutura social estabelecida, precisamos definir nossas próprias regras também. Como lidaremos com conflitos? Como tomaremos decisões que envolvam a todos?

Anna (olhando para os registros encontrados):

— Concordo com você David. Porém eu entendo que isso vai se construindo na medida em que passamos por dificuldades ou experiências que precisem de decisões ou atitudes como essas. Tudo aqui se adaptou para sobreviver, para caçar-nos, acredito. Até as plantas.

Raul (cuidando das plantas ao redor do acampamento, depois desse comentário, dá uma olhada rápida para Anna):

— As plantas realmente estão se adaptando. Nós também precisamos ser flexíveis e nos ajustar a este novo ambiente. Concordo com você Anna.

Elena (examinando o dispositivo antigo):

— Se quisermos reconstruir, precisamos entender a tecnologia que resta também, ou que acharmos. Talvez possamos encontrar formas de usá-la para o bem.

Raul concorda, balançando a cabeça positivamente.

A conversa se desdobrava, explorando questões fundamentais sobre ética, governança e o equilíbrio delicado entre o progresso e a preservação. Cada membro do grupo trazia uma perspectiva única, moldada por suas experiências e habilidades.

Emily (com uma pitada de otimismo):

— Podemos transformar este mundo em algo melhor. A chance está em nossas mãos.

Miguel (levantando-se):

— Amanhã é um novo dia. Vamos enfrentá-lo juntos, como uma comunidade.

Surgia ali uma sensação de unidade e propósito. As histórias compartilhadas ao redor da fogueira se tornavam a base de uma nova narrativa, escrita não apenas pelos desafios enfrentados, mas pelas escolhas feitas em meio à escuridão. Enquanto a noite se estendia sobre o acampamento, a esperança iluminava o caminho para o amanhecer de um mundo renovado.

À medida que a noite avançava, a fogueira diminuía, lançando uma luz fraca sobre os rostos pensativos dos sobreviventes. Cada um se retirava para seus improvisados abrigos, deixando para trás o som esvoaçante da conversa e mergulhando em seus próprios pensamentos. Dormir de dia parecia mais sensato para alguns. À noite, até o som das trovoadas pareciam rugidos de leões.

Emily (deitando-se em seu abrigo improvisado):

— O vento traz consigo uma calma estranha. Poderíamos realmente ser os artífices de um novo começo?

Miguel (olhando para o céu estrelado):

— Cada estrela parece ser um guia em nossa jornada. Como lidaremos com o desconhecido que nos espera amanhã? Talvez, elas possam nos ajudar — apreciando para o céu.

Maria (com a cabeça apoiada nas mãos):

— Salvar vidas era minha vocação antes. Agora, nossa sobrevivência depende de decisões que nunca imaginei ter que tomar.

David (deitado em posição de vigia):

— A noite esconde muitos segredos. Precisamos estar preparados para qualquer coisa.

Anna (folheando os registros encontrados antes de dormir):

— Cada página conta uma história diferente, mas todas apontam para o mesmo desafio: aprender com o passado enquanto construímos o futuro.

Benjamin (olhando para as sombras dançantes em seu abrigo):

— Será que estamos destinados a repetir os mesmos erros, ou será que verdadeiramente podemos evoluir como sociedade, como seres humanos?

Elena (examinando o dispositivo antigo antes de descansar):

— A tecnologia que nos resta é uma dádiva e uma maldição. Poderia ser a chave para nossa redenção ou nossa ruína.

Raul (cuidando de suas plantas antes de adormecer):

— A natureza se recupera, e nós somos seus novos habitantes. Vamos ver se a gente consegue aprender a coexistir, sem que um não destrua o outro.

Cada um se encontrava em seus próprios pensamentos, contemplando não apenas o mundo que os rodeava, mas também o papel singular que desempenhavam na reconstrução da humanidade. A escuridão da noite se misturava com os murmúrios da natureza, criando uma atmosfera carregada de reflexão e antecipação.

O amanhecer traria consigo desafios desconhecidos, oportunidade de moldar um destino que poderá criado a partir das escolhas daqueles que sobreviveram depois do fim.

Mas uma vida não se transforma com apenas luta e vontade de viver. Essa vontade de viver depende de várias circunstâncias. Depende das relações entre as partes, tanto homem-mulher quanto entre homem e toda fauna em sua volta. Essa necessidade de vida deve ter um objetivo particular. Sempre há um. E essas relações começam a se construírem a cada dia de sobrevivência desse grupo.

A natureza cuida de todos com carinho. Cada ambiente foi criado minunciosamente com todos os detalhes para a vida. E cada ser adaptou-se para um desses ambientes. Se há gela, há vida. Se há calor, há vida. Aqui, tudo foi construído para a vida. Por mais que tenhamos insistido em modificar. Passados esses anos, estamos aqui, de novo no paraíso selvagem. E graças às nossas intervenções, selvagemente adaptada, transformada e renascida.

Romance e Pares

Passados outros dias naquela Terra "selvagem", inevitável deixar de sentir o que a natureza humana tem de melhor: a proximidade com seus pares, a necessidade de estabelecerem laços físicos ou afinidades entre eles. E à noite esses sentimentos se afloram por várias circunstâncias.

Separando-se do grupo, e entre as ruínas, Raul e Elena compartilharam um momento de tranquilidade. Enquanto o grupo descansava, eles se afastaram discretamente para contemplar o horizonte juntos.

— Este mundo é tão vasto e desconhecido, mas aqui, neste instante, sinto uma conexão especial — disse Raul, olhando para o céu pontilhado de estrelas.

Elena concordou, seus olhares se encontrando, tudo confirmara um sentimento mais forte a cada dia.

— Somos sobreviventes nesse lugar fantástico, não? É quase como se o universo nos unisse para enfrentar o inimaginável.

Os dois se aproximaram, não apenas pela necessidade de calor humano em meio ao frio da madrugada, mas por uma ligação que transcendia as circunstâncias adversas.

Enquanto o grupo descansava ao redor da fogueira, Raul e Elena encontraram um lugar acolhedor para se deitar, abraçados. Diálogos carinhosos e confidências suaves preencheram o ar noturno. Sem muita cerimônia, um beijo carinho entre os dois.

— Que bom que estamos juntos. Digo, que de alguma forma acordamos juntos, sei lá — sorriu Raul com um semblante desconsertado, acariciando os cabelos de Elena — e não apenas fisicamente. Esta jornada nos uniu de uma maneira única.

Elena sorriu, aconchegando-se ao calor de Raul.

— Fique sem jeito não. Eu também sinto a mesma coisa. Mas, por enquanto, sinto que o grupo pode ser nossa família por muito tempo agora. Precisamos cuidar uns dos outros.

O olhar de Emily se entrelaçando com o de Raul, trouxe um sorriso discreto ao rosto dela. Um leve beijo acontece entre os dois novamente.

Ao adormecerem sob o manto estrelado, Raul e Elena, unidos pelo acaso e pela sobrevivência, sonhavam com um futuro incerto. Nos diálogos suaves antes de dormir, discutiam planos para o grupo, reforçando o compromisso de enfrentar os desafios que a nova Terra lhes apresentaria. As dúvidas não estavam relacionadas principalmente às questões de sobrevivência, mas em como isso pode se dar, em como isso pode ser transformador para cada um.

O grupo, sutilmente, deixa todos percorrem as redondezas do acampamento com segurança, procurando não tecer comentários sobre casais ou qualquer um. Isso quer dizer que não há no momento fofocas ou conversas que agridam pessoalmente qualquer um. Então, qualquer relação deve ser tratada com naturalidade entre eles.

Tensão e Medo

A escuridão da noite se aprofundava, e uma quietude pesada pairava sobre o acampamento. O murmúrio suave do vento nas folhas era interrompido apenas pelo som ocasional de galhos quebrando sob patas desconhecidas. Uma tensão silenciosa permeava o ar, enquanto os sobreviventes, envolvidos por seus próprios pensamentos, começavam a sentir o pulsar da vida noturna ao seu redor. Toda noite tinha motivos de apreensão e angustia. Afinal, eram acampamentos eternos, sem fim.

Emily (pensativa):

— A noite é tão densa, tão cheia de mistérios — ouvindo um uivo distante — o que será isso?

Miguel (alerta):

— Esse som é novo, eu acho que não reconhecemos. Podem ser apenas a natureza encontrando seu equilíbrio, mas — prestando atenção — parece um uivo ou coisa assim.

Ouviu-se um rugido profundo, reverberando pelas árvores, seguido por um coro de gritos e grunhidos. Os sobreviventes, agora despertos e alertas, trocaram olhares tensos. Algo como uma sombra passou rapidamente pelos limites do acampamento, e o silêncio da noite foi quebrado por sons aterrorizadores.

Maria (erguendo-se rapidamente):

— O que são esses sons? Parece — assustada — ameaçador.

David (empunhando uma lança improvisada):

— Fiquem alertas. Não sabemos o que está lá fora.

Anna (escutando atentamente):

— É como se toda a vida noturna estivesse em alvoroço. Nunca ouvi nada parecido. Não me sinto segura aqui.

A noite se desdobrava em uma tensão palpável enquanto os sobreviventes enfrentavam o desconhecido que se movia nas sombras. Os sons aterrorizadores da noite cresciam, mesclados com grunhidos e rugidos que pareciam ecoar de todos os lados.

Benjamin (preparando-se para a defesa):

— Parece que não somos os únicos acordados nesta noite. Será que novos predadores surgiram neste mundo pós-apocalíptico?

Elena (olhando para os registros):

— Nada indica algo assim. Estamos lidando com o desconhecido aqui.

Raul (segurando na mão de Elena):

— Seja lá o que for, não queremos ser pegos de surpresa. Precisamos garantir a segurança do acampamento.

— Talvez eles não nos ataquem, por causa da confusão em seus instintos, lembram? — Benjamin tenta acalmar o grupo. Até porque qualquer ação em desespero pode ser pior. Manter a formação é a melhor opção.

Antes melódico, o som dos animais noturnos tornou-se uma cacofonia de ameaça e desafio. Seguiram-se reflexões e medo. A noite se transformava em uma incerteza. Perigos, testando a resiliência dos sobreviventes.

A noite se desdobrava aterrorizante, apenas por causa dos sons desconhecidos. Os sobreviventes permaneciam alertas, seus olhos penetrando a escuridão, prontos para enfrentar o que perturbasse a segurança deles. Mas a noite não acabava. Tudo parece menos perigoso de dia. Então, esperar amanhecer era um pensamento constante.

Emily (sussurrando):

— Algo está errado. Os animais estão inquietos demais. Parece que hoje muitos deles se reuniram em volta do acampamento. Talvez esperando um momento de atacar, sei lá.

O vento carregava consigo os ecos de movimentos na escuridão. Sombras se moviam entre as árvores, revelando contornos sinistros de criaturas que se aventuravam além dos limites da visão. Cada som, cada farfalhar nas folhas, aumentava a ansiedade entre os sobreviventes.

Miguel (olhando para a periferia do acampamento):

— Devemos manter a calma — olhando para David — pode ser necessário montar uma patrulha para garantir que estamos seguros.

David (assentindo):

— Eu e Raul daremos uma olhada mais de perto. O resto de vocês, fiquem aqui e estejam preparados para qualquer coisa.

Enquanto David e Raul desapareciam na escuridão, o grupo se prepara para mais uma vigília noturna. Os sobreviventes mantinham uma tensa coexistência com a natureza, assistindo uma noite que parecia ter vida própria.

Maria (sussurrando para Elena):

— Será que os animais estão reagindo a algo que não percebemos? Será que o extinto animal deles está mais forte do que se manterem em seus territórios?

Elena (olhando para o dispositivo antigo):

— Talvez tenha algo a ver com a tecnologia remanescente. Podemos estar enfrentando efeitos colaterais desconhecidos. Ou, simplesmente estão caçando. Muitos animais que conhecemos caçam à noite. Mas é a primeira vez que veem tão perto.

A madrugada estendendo a noite, cada momento carregava a incerteza de um novo desafio. Os sons da selva noturna se intensificavam, criando uma imagem perturbadora que parecia desafiar a determinação dos sobreviventes.

Anna (mantendo-se alerta):

— Não sabemos o que nos aguarda. Devemos nos preparar para o pior — dava para se ouvir suaves choros ao fundo dos sons aterrorizantes, levemente reduzidos em alguns momentos.

Finalmente, o primeiro vislumbre do amanhecer começou a iluminar o horizonte. O dia, que havia começado com reflexões ao redor da fogueira na noite anterior, agora levava os sobreviventes a enfrentarem cada noite, desafiando a escuridão com a promessa de um novo dia. Coragem renovada, vida que segue.

Busca de Respostas

Com a aurora rompendo o horizonte, o acampamento dos sobreviventes emergiu de uma noite tumultuada e aterrorizante, como sempre. O dia começava com o grupo reunido ao redor de uma fogueira apagando-se à luz do sol intermitente, compartilhando olhares cansados, mas determinados.

Emily (observando o horizonte):

— A noite foi implacável. Precisamos entender o que está acontecendo ao nosso redor.

Miguel (voltando de sua patrulha):

— Não encontramos nenhuma ameaça imediata, mas os sons ainda persistem, levemente ao longe. Se prestarem atenção, ouvirão.

David (olhando para os registros encontrados):

— Pode haver algo registrado aqui que nos dê pistas sobre o que enfrentamos.

Enquanto folheavam os registros, os sobreviventes encontraram menções a eventos incomuns após a extinção humana. Descrições de animais comportando-se de maneiras anormais e áreas que se torneando zonas de alta atividade, mas sem explicações claras.

Anna (franzindo a testa):

— Isso pode ter algo a ver com as mudanças no ecossistema que verificamos até agora. Mas, e esses sons aterrorizadores?

Benjamin (pensativo):

— Talvez tenhamos perturbado um equilíbrio delicado ao acordar. Podemos ter desencadeado eventos inesperados. O mais provável é que isso já vem acontecendo sempre, depois do fim.

Elena (examinando o dispositivo antigo):

— A tecnologia humana remanescente pode estar interferindo no comportamento dos animais. Precisamos entender como controlar ou mitigar isso, se for o caso. Se não for, precisamos aprender a lidar com esses sons medonhos.

Os sobreviventes decidiram dividir tarefas, alguns explorariam áreas circundantes, outros estudariam os registros e tecnologia remanescente. A urgência de compreender o que ocorria no novo mundo impulsionava o grupo.

Raul (preparando ferramentas para a exploração):

— Precisamos mapear as mudanças no ambiente. Pode haver padrões que ainda não percebemos.

Maria (preparando suprimentos médicos):

— Se houver algum impacto na saúde da fauna, precisamos estar prontos para ajudar.

Benjamin (em pé, pronto para seguir):

— Precisamos tentar identificar a origem desses sons. Com cuidado. Assim também poderemos nos defender, se oferecerem perigo.

Enquanto o grupo se dividia para investigar diferentes aspectos do mistério que os cercava, o dia se transformava em uma jornada de descobertas e desafios. Os sobreviventes se aventuravam em territórios desconhecidos, cada passo marcado pela incerteza, mas também pela determinação de entender e preservar o mundo que agora era seu lar.

Os sobreviventes partiam em direções distintas, guiados pela necessidade de desvendar os mistérios que os cercavam. A natureza, aparentemente em tumulto, era agora o palco de sua investigação. Cada um trazia consigo uma expertise única, uma peça do quebra-cabeça a ser resolvido.

Emily e Miguel: Exploração do Território

Caminhando por trilhas há muito esquecidas, Emily e Miguel observavam as mudanças no ambiente ao seu redor. Árvores retorcidas e marcas estranhas no solo sugeriam que algo além da fauna estava em jogo. A cada passo, a ansiedade aumentava, mas a determinação os impelia adiante.

Anna e Elena: Análise dos Registros e Tecnologia

Anna e Elena mergulhavam nos registros encontrados e na tecnologia remanescente. Diagramas, equações e dados codificados revelavam pistas sobre a interferência humana no ecossistema. O dispositivo antigo, agora mais compreendido, tornava-se uma ferramenta vital na busca por soluções.

David e Raul: Mapeamento do Comportamento Animal

David e Raul avançavam cautelosamente pelo território, observando de perto o comportamento dos animais. O silêncio da noite anterior ainda ecoava em seus ouvidos. Ao documentar os movimentos e interações dos animais, esperavam descobrir padrões que pudessem explicar a agitação noturna.

Maria e Benjamin: Avaliação da Saúde da Fauna

Maria e Benjamin concentravam-se na saúde dos animais, coletando amostras e analisando possíveis impactos em seu bem-estar. A cada exame, questionavam se a presença humana, mesmo ausente, continuava a deixar sua marca indelével no mundo.

Comunicação

Um mundo sem celulares ou qualquer outro meio de comunicação era algo que realmente tínhamos que nos adaptar. Além do mais, o receio de se separar demais uns dos outros, de alguém sozinho ter que enfrentar os perigos que se apresentavam, também nos incomodava. Precisávamos encontrar um meio mais fácil e seguro de se comunicar a distância, ou procurar nos manter um pouco mais seguros.

Por sorte, ou pelo destino, no meio dos destroços e matos, o grupo entrou num prédio e dentro dele andamos devagar, com receio de encontrar algum animal escondido ou espreitando a sua próxima presa. No caso, nós...

Foi assim que um dos membros conseguiu entrar numa sala que estava trancada. Objetos deteriorados foram revirados por nós. Em armários de portas de aço foram encontrados rádios antigos, esquecidos nas ruínas da cidade.

Emily identificou os dispositivos e percebeu seu potencial para fortalecer a comunicação entre os sobreviventes.

— Esses rádios podem ser a chave para estarmos mais conectados, para nos apoiarmos mutuamente em nosso percurso. Já pensaram se conseguirmos colocá-los para funcionar? Algumas de nossas baterias já tinham cargas nucleares, quase de durabilidade eterna. Será que estão intactas?

Com o conhecimento técnico de Elena e a habilidade de improvisação de Raul, os rádios foram restaurados e adaptados para atender às necessidades do grupo. Benjamin, embora inicialmente cético, percebeu o valor desses dispositivos na coordenação de expedições e na troca de informações vitais.

Os diálogos, agora amplificados pelas ondas de rádio, estreitaram os laços entre os sobreviventes e deram uma sensação maior de segurança. Emily, através da frequência, podia coordenar estratégias de busca por recursos. Raul e Elena compartilhavam conhecimentos técnicos valiosos, e Benjamin, agora mais ativo na comunicação, expressava suas observações sobre os perigos iminentes. Todos maximizaram seus papéis no grupo.

Ao explorar a cidade, os sobreviventes perceberam que os rádios não eram apenas uma ferramenta prática, mas também um elo emocional. As vozes uns dos outros, ecoando entre as frequências, eram um lembrete constante de que, apesar das circunstâncias adversas, não estavam sozinhos. A solidão sempre foi um veneno perigoso para a humanidade, principalmente depois que a depressão virou um mal inquestionável.

Enquanto o grupo avançava, enfrentando novos desafios, os rádios tornaram-se uma âncora vital para sua sobrevivência. A descoberta não apenas reforçou a conexão entre eles, mas também trouxe uma sensação renovada de esperança, mostrando que mesmo em um mundo transformado, a comunicação podia ser uma ferramenta poderosa para uma sensação trazer mais segurança e também para lutas diárias contra animais que já tinham o extinto como comunicação mais eficiente. Poderíamos traçar emboscadas ou defesas, dependendo da necessidade.

O dia se desdobrava em uma demonstração clara de especialidades, cada investigador contribuindo para uma compreensão mais profunda do enigma que envolvia o grupo. Conversas por rádio mantinham-nos conectados, compartilhando descobertas, conjecturas e, ocasionalmente, preocupações.

David (pelo rádio):

— Realmente. Agora eu vejo. Alguma coisa parece estar afetando a hierarquia natural. Animais que eram predadores estão se comportando de maneira estranha. Estou vendo alguns deles se organizando, se agrupando, desagrupando. Como se estivessem planejando o melhor momento de ataque ou defesa também. Parecem meio desnorteados. Pelo que eu vi, eles devem ter adquirido um grau muito evoluído de sobrevivência.

Anna (pelo rádio):

— Os registros indicam que algumas tecnologias remanescentes podem emitir sinais que interferem no sistema nervoso dos animais. Precisamos isolar essas fontes. Porque eles podem querer destruir tudo que acharem que são estranhos aos seus extintos animais.

Enquanto o sol atingia seu ponto mais alto no céu, o dia avançava com os sobreviventes desvendando peça por peça do quebra-cabeça. Cada revelação trazia consigo uma mistura de esperança e inquietação, pois o conhecimento do novo mundo se desdobrava diante deles.

Enquanto os sobreviventes exploravam os mistérios do novo mundo, os diálogos pelo rádio preenchiam o ar, compartilhando descobertas e estratégias.

Emily (pelo rádio):

— Miguel, estas pegadas — leve parada no som — são enormes. Alguma ideia do que poderia ter deixado isso?

Miguel (pelo rádio):

— Eu também vi por aqui. Não consigo identificar, mas parece algo grande realmente. Mantenha distância e avise se notar qualquer comportamento ou barulho anormal. Qualquer coisa maior que um gato pode ser feroz o suficiente para nos matar.

A tensão crescia com cada transmissão, e o grupo, mesmo separado, mantinha-se conectado pelo desejo comum de entender e sobreviver.

Anna (pelo rádio):

— Elena, encontrei uma série de equações nos registros que parecem relacionadas à ativação de dispositivos. Alguma ideia do que elas significam?

Elena (pelo rádio):

— Deixe-me ver primeiro. Eu vou aí. Pode ser sim, que esses dispositivos estejam emitindo sinais que impactam os animais. Precisamos identificá-los. Fala-me em que direção você está.

Facilmente eles encontram um meio de se encontrarem, com pontos de referência, principalmente.

A complexidade dos registros desafiava os sobreviventes, mas cada revelação os aproximava da verdade que buscavam.

David (pelo rádio):

— Raul, esses animais estão agindo como se estivessem em alerta constante. Algo está perturbando-os.

Raul (pelo rádio):

— Concordo. Estou vendo padrões de comportamento incomuns também. Talvez precisemos reconsiderar nosso posicionamento no acampamento.

As descobertas levavam a ajustes nas estratégias, com os sobreviventes se adaptando rapidamente às revelações sobre o mundo pós-apocalíptico.

Maria (pelo rádio):

— Benjamin, as amostras indicam níveis elevados de estresse nos animais. Podemos ter desencadeado algo que afeta toda a cadeia alimentar.

Benjamin (pelo rádio):

— Precisamos ser cuidadosos com nossas ações. Talvez devêssemos limitar nossa interferência até entendermos melhor o que está acontecendo.

Os diálogos refletiam não apenas a urgência da busca por respostas, mas também o reconhecimento da responsabilidade que os sobreviventes tinham sobre o novo ecossistema.

Emily (pelo rádio):

— Pessoal, encontrei uma área com uma concentração anormal de sinais. Pode ser o centro dessa interferência.

Miguel (pelo rádio):

— Mantenha distância, Emily. Vamos nos encontrar aí e avaliar o que está acontecendo.

A vivência alcançava seu ápice com os sobreviventes convergindo para o epicentro das descobertas, onde os diálogos seriam fundamentais para decifrar os últimos enigmas do novo mundo que começava a se revelar diante deles.

À medida que os sobreviventes convergiam para o epicentro, a paisagem ao seu redor mudava. Árvores retorcidas e uma atmosfera pesada indicavam que estavam se aproximando de algo significativo. O grupo se reunia, trocando olhares ansiosos antes de iniciar uma avaliação conjunta.

Emily (apontando para uma área específica):

— É aqui. Os sinais parecem se intensificar nesta região.

Miguel (examinando o solo):

— E essas marcas no chão... são recentes. Algo esteve aqui.

David (olhando em volta):

— Talvez estejamos prestes a descobrir a fonte dos distúrbios na natureza.

Enquanto investigavam, os diálogos entre os sobreviventes continuavam, cada um compartilhando suas observações e teorias.

Anna (examinando os registros):

— Essas equações — pensativa — parecem coordenadas geográficas. Se as correlacionarmos com o mapa da região, talvez possamos encontrar outros pontos de emissão.

Elena (digitando em um dispositivo):

— Vamos tentar isso. Podemos isolar os locais que mais impactam a fauna.

Benjamin (observando os animais ao redor):

— Acho que estamos sob vigilância. Esses animais parecem nos monitorar.

Maria (preparando uma amostra):

— Pode ser uma resposta ao nosso envolvimento. Estamos mexendo em algo que vai além da natureza selvagem.

Benjamin (ainda observando os animais ao redor):

— Gente, pelo que vi até aqui eu acho posso dizer uma teoria minha: os animais se evoluíram tanto, depois do fim, que o restante da humanidade teve que ativar mecanismos de proteção, desorientando os sentidos de caça desses animais. Só isso explica esses comportamentos e porque não nos atacaram. Nesse estágio de evolução, difícil imaginar como seria se todas as criaturas nos atacassem de uma só vez. Não teríamos como nos defender.

Os diálogos revelavam a crescente compreensão de que os sobreviventes não eram apenas observadores neste novo mundo, mas também objetos estranhos observados por onde tem vida.

Raul (examinando umas pegadas):

— Estas pegadas — abaixando-se e olhando para o grupo — são de algo grande e pesado. Pode ser um predador.

David (preparando uma defesa):

— Mantenham-se alerta. Se algo nos seguiu até aqui, precisamos estar prontos para qualquer coisa.

Os diálogos agora refletiam a tensão crescente, enquanto o grupo se preparava para enfrentar mais um perigo desconhecido que se aproximava.

Emily (ouvindo sons distantes):

— Algo está se movendo na floresta. Seja o que for, está se aproximando.

Miguel (segurando uma lança improvisada):

— Estejam prontos, pessoal. Não sabemos o que podemos encontrar.

O começo da busca por respostas culminava em um momento crucial. Os sobreviventes, impulsionados pela curiosidade e determinação, estavam prestes a enfrentar não apenas os mistérios do novo mundo, mas também as consequências de suas próprias ações.

Os sobreviventes mantinham-se em alerta, cercados pela densa vegetação que escondia o que quer que se aproximasse. O murmúrio dos ventos nas folhas misturava-se aos sons inquietantes da floresta. Então, de repente, uma imagem imponente emergiu das árvores.

Emily (sussurrando):

— Lá, à frente. O que é aquilo?

Uma figura colossal revelava-se gradualmente, sua silhueta destacando-se contra o verde profundo da floresta. Era uma criatura imponente, um lembrete vívido de que, mesmo após a extinção humana, o mundo continuava a abrigar formas de vida extraordinárias.

Miguel (surpreso):

— Nunca vi nada parecido. O que poderia ser?

David (preparando-se para se defender):

— Seja o que for, devemos ficar alertas. Não sabemos como aquilo reagirá à nossa presença.

A criatura, de movimentos lentos e majestosos, não demonstrava agressividade imediata. Seus olhos, profundos e intensos, examinavam os sobreviventes com uma curiosidade que ecoava a própria busca do grupo por entendimento.

Anna (admirando a criatura):

— Parece — abrindo os olhos para ver melhor — pacífica?

Elena (analisando o dispositivo):

— Os registros indicam que essas criaturas podem ter sido modificadas geneticamente. Alguém pode ter tentado criar seres adaptados a este novo mundo.

Benjamin (compreendendo):

— Então, inadvertidamente, nossa presença pode estar causando uma reação nesses seres modificados.

Maria (preocupada):

— Isso significa que realmente somos responsáveis por desencadear esses distúrbios na natureza?

Enquanto os diálogos expressavam o peso da revelação, a criatura, agora mais próxima, parecia aceitar a presença dos sobreviventes. Seus olhos refletiam uma inteligência desconhecida, uma conexão única entre eles e o mundo que agora compartilhavam.

Raul (observando a criatura):

— Talvez a busca por respostas nos leve a compreender nosso papel neste novo ecossistema.

A compreensão e a adaptação tornavam-se as palavras-chave para enfrentar os desafios desconhecidos que ainda aguardavam.

A criatura movia-se lentamente em direção aos sobreviventes. Seu olhar parecia comunicar uma forma de comunicação não verbal, uma troca silenciosa de entendimento entre espécies distintas.

Emily (olhando nos olhos da criatura):

— Parece que ela não representa uma ameaça imediata. Talvez possamos coexistir.

Miguel (ainda cauteloso):

— Coexistir? Mas nós não sabemos nada sobre essas criaturas ou como nossa presença as afeta. Olha só esse aí, tem quatro chifres, dois, sei lá...

David (respirando fundo):

— Precisamos entender e aprender como tudo funciona. A resposta para nossa sobrevivência pode depender dessa convivência. É o que eu penso.

A criatura, com sua pele cheia de tipos de pelos enormes e cores vibrantes, aproximou-se, revelando detalhes surpreendentes de sua anatomia. Enquanto o grupo permanecia em silêncio, os diálogos internos refletiam as emoções conflitantes dos sobreviventes.

Ao caminhar por entre os arbustos ou pelo chão, seus pelos se camuflavam automaticamente, como um jogo de imagens nunca visto na natureza, estranho e belo.

Anna: (pensativa):

— Se estas criaturas foram modificadas para se adaptar a este novo mundo, talvez possamos aprender algo com elas.

Elena (examinando o dispositivo):

— É, talvez nossas ações tenham despertado um novo equilíbrio na natureza. Precisamos ser cuidadosos, mas também aprender com essas mudanças. E se a gente sem querer comer um bicho desses? — Pergunta em tom de brincadeira.

— Nem pensar, Elena. Hahaha — responde Benjamin, observando as reações da criatura — se somos responsáveis por esse novo ciclo de vida, temos uma responsabilidade em compreendê-lo, estudá-lo e aceitá-lo.

Maria (acariciando a criatura com cautela):

— Talvez nossa sobrevivência dependa de nossa capacidade de entender e preservar esse tipo de criatura. Vamos deixar ela sentir que não somos ameaça.

Os diálogos refletiam a evolução das perspectivas dos sobreviventes, agora diante de uma oportunidade única de compreender o papel que desempenhariam na reconstrução do equilíbrio natural.

Raul (observando a interação):

— Precisamos relatar isso aos outros. Se conseguirmos entender essas criaturas, podemos evitar futuros desequilíbrios.

David (assentindo):

— Vamos documentar tudo e compartilhar com o grupo. Se pudermos coexistir com essas formas de vida modificadas, talvez tenhamos uma chance real neste mundo transformado.

Em meio a tanta destruição, perigos e possíveis ataques, estamos encontrando um caminho que parecia não existir.

Ataque Mortal

Com o passar do tempo, os sobreviventes mergulharam mais profundamente na convivência com as criaturas. A troca de conhecimentos revelou-se benéfica, e alguns animais começaram a aceitar a presença humana. Apesar das lutas diárias entre os sobreviventes e criaturas dominantes, havia uma nova perspectiva de coexistência. Mesmos modificados para adaptação ao meio ambiente, os gatos ainda preservaram um instinto que reconheciam levemente a presença humana novamente na terra. Parecia vir deles um certo respeito ou receio no confronto.

Emily (tentando se aproximar de uma dessas criaturas):

— Parece que estamos começando a compreendê-los melhor. Talvez possamos até domesticá-los de novo.

Miguel (observando):

— Seria incrível se pudéssemos criar uma relação de simbiose com essas criaturas. Poderíamos aprender uns com os outros ou até nos proteger melhor. Mas acho meio difícil, porque eles andam sempre em grupos grandes.

Enquanto a tentativa de domesticação começava, a comunidade de sobreviventes enfrentava a triste realidade do novo mundo. O tempo, implacável, havia cobrado seu preço.

David (preocupado):

— Precisamos ser cautelosos. Os animais que se adaptaram podem estar atraindo outros menos amigáveis. Uma cadeia alimentar, eu diria.

Raul (analisando pegadas):

— Você está certo. Precisamos garantir a segurança de todos vigiando e observando o território os outros animais.

O grupo, agora mais unido do que nunca, trabalhava em estratégias para proteger a comunidade enquanto explorava a convivência com as novas formas de vida.

Infelizmente, mesmo com as precauções, um novo perigo começou a surgir. Os ataques de gatos carnívoros, uma raça diferente, tornaram-se mais frequentes e agressivos. Os objetivos tomavam um rumo diferente.

Anna (olhando ao redor):

— Esses gatos estão ficando cada vez mais agressivos. Precisamos encontrar uma solução. Está todo mundo cansando de lutar e não se deixar arranhar. Um arranhão pode ser fatal, como todo mundo sabe. Ainda mais depois de todo esse tempo sem imunidades, vacinas.

Elena (preocupada):

— Eles podem estar competindo por território ou recursos. Precisamos entender o que está causando essa mudança de comportamento. Na minha opinião, uns tipos de animais atraem outros. Uma cadeia alimentar, como disse David.

A tentativa de domesticação dos animais revelava-se um desafio complexo, e o grupo enfrentava novas ameaças.

O grupo decidiu explorar uma área desconhecida, atraídos pela promessa de recursos escassos e de fugir desse território já infestado de predadores famintos. No entanto, ao anoitecer, outra preocupação inesperada se apresentou.

Enquanto se moviam silenciosamente pelas ruínas, a criatura dócil, descoberta anteriormente, tornou-se alvo de um grupo de gatos carnívoros, cujos olhos brilhavam na escuridão. O ataque foi rápido e feroz.

Os rádios captaram os sons distantes da luta.

— Precisamos ajudar! — Exclamou Emily, enquanto os sobreviventes corriam em direção aos gritos angustiados.

Ao chegarem, encontraram a cena perturbadora: os gatos haviam superado a criatura dócil, que agora jazia inerte no chão. A noite mostrava a cruel realidade do novo mundo. De certa forma, esse acontecimento tirava a atenção deles para o grupo. Por enquanto, parecia que sua fome estava saciada.

Os diálogos deram lugar ao silêncio pesado.

— Ela era inofensiva... por que os gatos a atacariam assim? — Questionou Raul, enquanto o grupo lamentava a perda.

Benjamin, sempre observador, murmurou em seu rádio:

— Neste mundo, a natureza é implacável. A dócil criatura pode ter sido percebida como uma ameaça por esses predadores noturnos. O mais provável é que tenha sido apenas uma caça. Vai ser assim sempre, desde que os animais se livraram do controle do homem.

O ataque dos gatos serviu como lembrete brutal de que, mesmo com a comunicação fortalecida, a sobrevivência continuava a ser uma batalha diária. O grupo, agora marcado pela perda, reavaliou sua abordagem e aprofundou a compreensão de que, em meio à beleza da regeneração, a natureza também guardava seus perigos mortais. O sentimento de luto ecoava entre as frequências dos rádios, enquanto o grupo seguia adiante, mais alerta e determinado a enfrentar os desafios imprevisíveis da nova Terra.

A morte da criatura, vítima de um ataque de gatos carnívoros, soava como um lembrete sombrio das complexidades e perigos do novo mundo.

Maria (lamentando):

— Perdemos algo valioso. Não diria que fosse um companheiro, pois não tivemos tempo para nos relacionar melhor. Mas, talvez, um provável aliado.

Benjamin (consolando):

— Vamos honrar a memória daquela criatura, aprendendo com cada desafio que enfrentarmos.

A esperança de coexistência pacífica confrontava os sobreviventes com a realidade implacável da natureza transformada. Cada passo adiante exigia mais coragem, diante do que o futuro ainda nos reservava.

Aquela morte deixou uma marca indelével no grupo e a certeza de que ninguém está a salvo. Todo mundo se reuniu para prestar homenagem àquela criatura que não sobreviveu aos desafios e sucumbiu, sendo transformado em alimento. O silêncio pairava sobre eles, mostrando a fragilidade da vida e a imprevisibilidade de tudo.

Emily (segurando uma flor):

— Ela merece ser lembrada por sua coragem e pela luta pela sobrevivência.

Miguel (em silêncio):

— Verdade. Que sua coragem nos faça acreditar e lutar sempre. Devemos ficar mais alertas e adaptar nossas estratégias para garantir a segurança de todos.

O dia foi tingido por um tom mais sombrio, revelando que o preço da coexistência nesse novo mundo era alto e impiedoso. Não teria outro meio mais fácil de viver nesses ambientes selvagens.

Enquanto o silêncio persistia, os sobreviventes redobravam seus esforços para entender as mudanças no comportamento dos animais, especialmente dos gatos carnívoros.

David (examinando pistas):

— A natureza foi toda perturbada com esse aumento da fauna e da flora. Vai ser difícil descobrir uma forma de nos proteger de modo mais eficaz, antes que mais vidas se percam. Eu não quero ser pessimista, mas devemos esperar mais perdas.

Raul (preparando armadilhas):

— Se conseguirmos capturar um desses gatos, talvez possamos entender melhor o que está os motivando. Ou talvez domesticá-los. Eles nos defenderiam de outros como do mesmo tipo. Além de serem predadores naturais de pássaros e outros animais menores.

O grupo continuava a explorar a dualidade desse novo mundo: a beleza da coexistência e a crueldade da natureza em sua forma mais selvagem.

Anna (examinando dados):

— Descobri algo nos registros. Pode ser que resquícios de certas substâncias liberadas no ambiente estejam afetando o comportamento dos animais. É. Preciso investigar isso mais a fundo.

Elena (analisando amostras):

— Podemos buscar maneiras de neutralizar essas substâncias ou, pelo menos, minimizar seus efeitos. Talvez seja a chave para restaurar o equilíbrio das coisas daqui para frente.

Enquanto os sobreviventes se dedicavam a entender a causa subjacente aos comportamentos agressivos dos animais, o capítulo dez adquiria uma nova camada de complexidade e esperança.

Maria (observando o horizonte):

— Cada desafio nos torna mais fortes. Vamos transformar essas adversidades em oportunidades para aprender e evoluir.

Benjamin (apoiando):

— Não podemos mudar o que aconteceu, mas podemos diminuir os efeitos disso no nosso futuro. Podemos trabalhar juntos para garantir que as próximas gerações herdem um mundo menos agredido.

Embora marcado pela perda, o dia destacava o trabalho e a determinação do grupo em enfrentar as tribulações e construir um legado duradouro em meio às incertezas do mundo pós-apocalíptico.

Com o passar do tempo, os sobreviventes revelavam traços distintos de adaptação ao novo mundo. Cada um enfrentava os desafios de maneira única, moldando e sendo moldado pelas circunstâncias adversas.

Emily: Seus olhos agora carregavam o peso da experiência. Apesar das dificuldades, ela continuava tendo uma espécie de liderança dedicada, buscando equilíbrio entre compreender as criaturas e garantir a segurança da comunidade.

Miguel: Seu instinto protetor tornou-se ainda mais pronunciado.

Cada olhar atento e cada gesto reflexivo revelavam a profunda responsabilidade que Miguel sentia pelo bem-estar do grupo.

David: A expressão dele carregava a marca do sofrimento e da perda. No entanto, sua determinação era mais forte do que nunca, impulsionando-o a liderar nas estratégias de sobrevivência e proteção do grupo.

Raul: O rosto dele mostrava as marcas do trabalho árduo. Suas mãos calejadas mostravam as cicatrizes das armadilhas que ele construía para garantir a segurança da comunidade contra ameaças desconhecidas.

Anna: Os óculos dela refletiam a intensidade de sua dedicação à análise dos registros. A busca incessante por respostas a levava a mergulhar cada vez mais fundo na compreensão dos mistérios que envolviam o novo ecossistema.

Elena: O olhar dela, sempre perspicaz, evidenciava sua habilidade em traduzir dados complexos em estratégias acionáveis. Ela se tornara a voz da razão em meio à incerteza.

Maria: As mãos dela eram essenciais na avaliação da saúde dos animais. A responsabilidade de preservar a vida, mesmo no meio da morte, moldava sua determinação.

Benjamin: O olhar penetrante dele revelava um misto de preocupação e resiliência. Sua mente analítica buscava soluções mesmo diante das adversidades mais sombrias.

Morte de Anna

     Mais um dia se passou nessa Terra devastada. Os dias eram curtos e as noites pareciam não ter fim. Esses sobreviventes também teriam que se preparar para mais perdas, mais lutas, mais dificuldades e, talvez a extinção final da humanidade, representada por esse pequeno grupo. A esperança de ficar vivo era maior do que a de fazer renascer essa humanidade perdida. Pior, a humanidade em cada um, com o tempo, vai sofrendo mudanças, certamente porque seus limites vão sendo testados a cada dia.

Emily (em uma reunião):

— Precisamos nos manter fortes, pessoal. Cada um de nós desempenha um papel vital na nossa sobrevivência e na compreensão de tudo que nos cerca.

Miguel (olhando para o horizonte):

— Certamente Emily. Contudo, estamos cansados, esgotados e sem um objetivo claro. Sobreviver é uma obrigação de qualquer ser. Mas, ter um objetivo, deve ser nosso foco. Não adianta ficar remoendo o que se passou.

David (refletindo):

— Verdade Miguel. A perda nos marcou, mas devemos continuar a pensar em construir defesas, atacar, caçar também. Eu não me importo de comer gatinhos... Hehehe.

Raul (preparando armadilhas):

— Então está certo, pessoal. A segurança do grupo está em primeiro lugar. Vamos garantir que todos estejam protegidos. E o que pegarmos, vamos preparar um almoço.

Enquanto os sobreviventes enfrentavam as complexidades desse novo mundo, os dias destacavam a força e a resiliência de cada indivíduo. Seus olhares e ações contavam a história de um grupo determinado a deixar um legado significativo, independentemente dos desafios que enfrentassem.

Esses sobreviventes estavam criando uma espécie de comunidade ativa, enfrentando os desafios pós-apocalípticos e fazendo história.

Mesmo assim, um desânimo alcançava sobre essa comunidade às vezes, enquanto enfrentavam mais um golpe inesperado. Maria, a dedicada cuidadora, procurava não mostrar abatimento, talvez para o grupo não sucumbir ao medo e desesperança. Conhecida por sua compaixão e habilidades médicas, estava investigando uma área próxima ao acampamento. Seu objetivo era coletar amostras de plantas para examinar possíveis propriedades medicinais. No entanto, o que deveria ser uma busca rotineira transformou-se em um confronto fatal.

Ao se afastar um pouco do grupo, se aproximando de uma vegetação densa, Maria foi surpreendida por uma horda de gatos e uma espécie de cachorro que, de alguma forma, haviam se tornado ainda mais agressivos. O ataque foi rápido e feroz, deixando pouco espaço para Maria se defender. A luta continuou constante, com Maria mostrando que não seria fácil vê-la vencida. Os cachorros também disputavam a presa com os gatos, diminuindo o foco dos dois lados.

Chegando ao local, movida pelos estrondos da luta, Anna entrou na briga. Tudo que puderam fazer para se defenderem e atacar elas tentaram.

O grupo, ao retornar ao acampamento e perceber a ausência de Anna e Maria, lançou uma busca desesperada e rápida. Encontraram-nas perto da área onde tinham desaparecidas, cercada pelos gatos selvagens.

Os gatos e cachorros, vendo um número maior de oponentes, recuaram e fugiram pela mata adentro.

Emily (olhando horrorizada):

— Maria...

A imagem refletia uma sena de terror. Maria de pé, toda rasgada, com muitos machucados e sangue. Anna, caída, estraçalhada pelos algozes predadores.

Miguel (cerrando os punhos):

— Precisamos reforçar a segurança. Esses animais estão ficando fora de controle. Eu queria matar todos eles — dizendo com os dentes cerrados de raiva.

Maria (prestando homenagem):

— Anna dedicou sua vida à preservação da gente, da minha vida e agora ela está morta. Eu não consegui ajudá-la — caindo de joelhos, exausta.

O grupo correu para amparar Maria, que desolada e muito machucada, era confortada por todos. Chorando ela desmaiou ao chão. Depois, já sentada, permaneceu recebendo ajuda de seus companheiros atônitos.

A morte de Anna, além de ser uma perda dolorosa para a comunidade, também serviu como um lembrete brutal dos desafios inerentes ao mundo pós-apocalíptico. Os sobreviventes precisavam se unir ainda mais e se tornarem mais fortes para enfrentar os perigos que o novo ecossistema apresentava.

O dia marca a jornada do grupo em um mundo onde a vida e a morte andavam lado a lado, desafiando-os a adaptarem-se constantemente para garantir sua sobrevivência.

O pesar tomou conta da comunidade enquanto os sobreviventes lidavam com a trágica perda de Anna. A necessidade de recuperar seus restos tornou-se uma tarefa dolorosa e respeitosa, enfrentando os perigos que ainda pairavam sobre eles.

Emily (olhando para o grupo):

— Pessoal, vamos ter que trazer Anna de volta para o acampamento. Ela merece um adeus adequado. Quem puder ajudar...

Miguel (preparando equipamento):

— Eu me proponho a ajudar. Vamos com cuidado, com determinação.

A equipe, composta por Miguel, Raul, David e Benjamin, partiu em direção ao local do ataque. O ambiente, impregnado com uma atmosfera sombria, exigia atenção redobrada.

Ao chegarem à área, encontraram vestígios dos gatos dispersos pela vegetação. Com cautela, iniciaram a busca pelos restos de Anna. O processo era uma dolorosa mistura de luto e respeito pela vida que se fora.

David (descobrindo os restos):

— Encontramos algo. Vamos trazê-la de volta para casa. Como elas lutaram! Tem muito sangue, pelos, animais mortos e quase mortos aqui!

Com um cuidado meticuloso, os sobreviventes coletaram os restos de Anna e retornaram ao acampamento. O caminho de volta era carregado com silêncio pesado, interrompido apenas pelo farfalhar das folhas e o sussurro do vento. A tristeza era palpável.

De volta ao acampamento, o grupo realizou uma cerimônia simples, mas emocional, para honrar a memória de Anna. As chamas da fogueira dançavam em sintonia com as lembranças compartilhadas, ressaltando a fragilidade da vida no novo mundo que habitavam.

Emily (prestando homenagem):

— Anna dedicou-se à preservação da vida, e é assim que a lembraremos. Sua coragem e espírito de equipe demonstram que essa nossa "humanidade" tem alguma esperança.

O dia, mergulhado em luto, continuava a explorar a jornada emocional do grupo, enquanto enfrentavam as duras realidades da vida e da morte.

Perigos na Escuridão

O acampamento, marcado pelo luto pela perda de Anna, enfrentava desafios crescentes à medida que eles exploravam mais profundamente o território. O novo dia começava com uma sensação de apreensão, pois novos perigos surgiriam em qualquer lugar da paisagem.

Emily (reunindo o grupo):

— Não podemos permitir que a tristeza nos impeça de enfrentar qualquer desafio. Vamos continuar. Vamos tentar de novo e de novo.

Miguel (olhando para o horizonte):

— Os animais foram mais espertos que nós. Fizeram uma espécie de emboscada. Ou então foi muita coincidência eles terem praticamente se unido para nos atacar, para atacar um componente desgarrado do grupo. Temos que pensar como eles, infelizmente. Nada de separar do grupo, principalmente à noite.

À medida que os sobreviventes exploravam territórios desconhecidos, encontraram criaturas e seres que desafiavam as expectativas. Algumas eram ferozes predadores, enquanto outras pareciam possuir uma inteligência surpreendente. Também víamos boa parte deles como alimentos e proteínas para permanecermos saudáveis.

Elena (analisando pegadas):

— Há algo grande aqui. Essas pegadas não correspondem a nenhum animal que tenhamos encontrado até agora.

Benjamin (examinando amostras):

— Podem existir muitas criaturas desconhecidas por aí que nem imaginamos. Fiquem alertas!

Durante suas explorações, o grupo deparou-se com seres bioluminescentes que iluminavam a escuridão da noite. No entanto, essas luzes misteriosas atraíam outras criaturas noturnas, transformando a escuridão em um espetáculo de sombras e movimentos.

Raul (preparando armadilhas):

— Estamos cercados por criaturas escondidas nos escuros. Essas luzes podem atrair outros predadores, além do que nos torna vulneráveis diante desse clarão. Assim, fica difícil ficarmos protegidos.

A conversa explorava não apenas os perigos físicos, mas também a crescente sensação de que o mundo havia se tornado um lugar onde a linha entre o natural e o sobrenatural tornava-se cada vez mais tênue.

Maria (examinando artefatos):

— Encontrei mais informações. Parece que esses seres foram modificados deliberadamente também. Por quem? E por quê?

David (refletindo):

— Estamos lidando com algo muito maior do que imaginávamos. Talvez se a gente entender a origem dessas transformações e se têm algum motivador a gente possa se defender melhor.

Enquanto enfrenta as dúvidas, o grupo desdobrava-se em uma exploração de perigos e mistérios que desafiavam não apenas suas habilidades de sobrevivência, mas também sua compreensão do que o mundo se tornara.

A presença desses seres modificados e as informações antigas trouxeram consigo uma aura de mistério e inquietação para a comunidade. À medida que exploravam mais a fundo, os enigmas desse mundo pós-apocalíptico se tornavam ainda mais complexos.

Emily (conduzindo uma reunião):

— Pessoal, é certo que não estamos sozinhos nesse mundo. Esses seres, sejam naturais ou modificados, representam uma ameaça. Precisamos estudar suas intenções para conosco e nos proteger mais e melhor e, talvez, revidar.

Miguel (afinando uma lança improvisada):

— Se há algo que aprendemos até agora, é que precisamos nos adaptar constantemente. Concordo que devemos enfrentar essas criaturas, revidar. Com coragem, determinação e inteligência podemos pelo menos atrasar nossa extinção. Mas eu confesso que estou muito preocupado com tudo isso. Tudo, literalmente, quer nos matar aqui.

A comunidade intensificou suas estratégias de defesa, construindo barricadas e armadilhas elaboradas para lidar com os novos desafios. Os sobreviventes, motivados pelo instinto de preservação, uniram forças para enfrentar os perigos que pairavam sobre eles.

Durante uma noite particularmente intensa, os bioluminescentes iluminavam o horizonte, revelando silhuetas inquietantes de criaturas noturnas. O acampamento tornou-se um oásis cercado por perigos, onde as criaturas se moviam nas proximidades.

Maria (examinando artefatos e informações de antigos habitantes):

— Esses indícios mostram que esses seres foram criados como uma forma de equilíbrio na natureza. Alguém, de alguma forma, tentou restaurar a ordem. Talvez um surto pela proliferação desencadeada de alguma espécie tenha provocado um estrago na população.

David (refletindo):

— Mas quem teria poder para realizar tal feito? E por que deixaram para trás essas pistas enigmáticas?

Enquanto os sobreviventes buscavam respostas, cada passo adiante os aproximava da verdade obscura que envolvia o novo mundo.

Elena (examinando amostras):

— A flora e a fauna parecem interconectadas de maneiras que ainda não compreendemos. Se quisermos sobreviver, precisamos entender essas conexões.

Benjamin (analisando dados):

— Há um padrão aqui, uma lógica que escapa ao nosso entendimento. Precisamos desvendar esses mistérios antes que sejamos envolvidos por sombras maiores.

Tudo continuava levando os sobreviventes a um confronto constante com as dúvidas surgidas até aqui, desafiando-os a explorar os limites de sua coragem e entendimento em um mundo que se tornava mais intrigante e ameaçador a cada passo.

A necessidade de enfrentar as criaturas modificadas e outras ameaças desconhecidas instigou o grupo a explorar a criação de armas utilizando materiais encontrados durante suas expedições. Com engenhosidade e cooperação, eles forjaram instrumentos de defesa para resistir às lutas diárias.

Raul (examinando materiais):

— Encontramos metais e fragmentos de objetos antigos. Com isso, podemos criar algo mais robusto.

David (trabalhando em uma bancada improvisada):

— Precisamos de armas que possam nos dar vantagem contra essas criaturas. Vamos usar o que temos à disposição. Talvez podemos meter medo nelas, fazer com se afastem de nosso território.

O grupo começou a experimentar, combinando os restos de antigas estruturas humanas com elementos naturais para criar armas adaptadas ao novo ambiente. Lanças, arcos e machados rudimentares tomaram forma, cada um carregando consigo a promessa de proteção contra os perigos que espreitavam.

Miguel (testando uma lança):

— Não serão armas perfeitas, mas devem nos dar alguma vantagem e gerar um pouquinho de respeito. A precisão e a resistência são cruciais. Para isso, precisamos treinar muito.

Maria (melhorando um arco):

— Devemos considerar também a natureza dessas criaturas. Algumas podem ser mais suscetíveis a certos tipos de ataques. Sem contar que vamos treinar em plana ação.

À medida que as armas ganhavam forma, os sobreviventes treinavam entre si para aprimorar suas habilidades de combate. Cada membro da comunidade desempenhava um papel vital na defesa coletiva, transformando-se de simples observador da mudança para participantes ativos na adaptação ao ambiente hostil.

Emily (observando o treinamento):

— Nosso objetivo é nos proteger e entender como as criaturas agem. Essas armas podem se tornar uma extensão da nossa vontade de sobreviver. Mas será que são suficientes?

Elena (aplicando conhecimentos médicos):

— Além disso, precisamos considerar formas de cura e defesa não apenas através de armas, mas também de estratégias táticas, porque são muitos para enfrentarmos somente com isso. A gente deveria criar abrigos mais fortes, postos de vigia, cavar trincheiras. Se um terço dessas criaturas vier nos atacar de uma só vez, estamos mortos.

O grupo ganhava uma nova dimensão à medida que, armados com determinação e criações improvisadas, se preparavam para enfrentar os perigos que lhe esperam. Mas ainda não estavam totalmente preparados para uma grande batalha.

À medida que o grupo explorava a criação de armas, suas habilidades e conhecimentos diversificados resultavam em uma variedade de instrumentos adaptados para enfrentar as ameaças do mundo pós-apocalíptico. Além disso, a construção de defesas tornou-se uma parte essencial da estratégia para proteger o acampamento.

O grupo estava cada dia mais preparado para novos desafios. Contudo, no rosto de cada um se escondia o medo e a dúvida do inesperado, de novas perdas. Eles precisavam acreditar que haveria futuro para todos nesse novo mundo. A preservação da história da humanidade dependia disto. Todos eles dependiam disto.

E todos os dias novos tipos de defesas eram criados, aprimorados.

Armas Forjadas

Lanças reforçadas: Utilizando fragmentos de metais encontrados em antigas estruturas urbanas, as lanças eram reforçadas para garantir resistência e durabilidade. Pontas afiadas eram modeladas a partir de restos de objetos pontiagudos.

Arco Natural: Os sobreviventes, inspirados na natureza, criaram arcos aprimorados usando flexíveis galhos de árvores e cordas feitas de fibras vegetais. Flechas eram construídas com penas de aves locais.

Machados de Pedra: Pedras afiadas eram unidas a paus robustos para formar machados improvisados. Embora primitivos, eram eficazes para combates corpo a corpo.

Atiradores de Projéteis: Usando peças de antigas máquinas, os sobreviventes construíram pequenos dispositivos que lançavam projéteis afiados, fornecendo uma opção de ataque à distância.

Defesas Improvisadas

Barricadas de Entrelaçados Vegetais: Galhos e vinhas eram entrelaçados para criar barreiras naturais ao redor do acampamento. Isso não apenas fornecia defesa, mas também se integrava ao ambiente.

Torres de Observação: Estruturas elevadas construídas com peças de antigas torres de comunicação permitiam que os sobreviventes monitorassem os arredores, identificando ameaças antes que se aproximasse.

Alarmes Sonoros: Sistemas de alerta improvisados eram criados usando pedras e objetos metálicos suspensos. Qualquer movimento próximo acionava o alarme, alertando os sobreviventes.

Poços de Fogo: Trincheiras eram escavadas e preenchidas com materiais inflamáveis. Em caso de ataque iminente, os sobreviventes podiam acender esses poços, criando uma barreira de fogo.

A combinação de armas variadas e defesas inteligentes refletia a diversidade de habilidades e experiências dos sobreviventes. Cada elemento tinha um propósito específico, contribuindo para a segurança do grupo em um ambiente hostil.

Sombras

Um novo dia começava depois de uma noite inquieta. O acampamento, protegido por suas defesas recém-criadas, enfrentaria o teste de sua resistência contra os ataques iminentes das criaturas modificadas. As armas forjadas com engenho e as defesas improvisadas seriam as únicas linhas entre os sobreviventes e as criaturas nas sombras.

A noite caía e o silêncio era quebrado pelo farfalhar das folhas e o uivar distante de criaturas noturnas. Os sobreviventes, posicionados estrategicamente, mantinham-se alertas enquanto o perigo rondava pelo perímetro do acampamento.

Miguel (segurando uma lança):

— Este é o momento em que nossas armas e defesas serão postas à prova. Estejam preparados para qualquer coisa.

Emily (inspirando profundamente):

— Mantenham a calma. Nossas vidas dependem da eficácia do que construímos e dos treinamentos que cada um fez.

O ataque começou com um rugido gutural ecoando pela noite. Criaturas modificadas emergiam das sombras, suas formas distorcidas destacadas pelas luzes frágeis das barricadas de entrelaçados vegetais. Entre eles tinham cachorros, ursos, pelo menos havia uma vaga lembrança disso.

David (lançando uma flecha):

— Concentrem-se nos pontos fracos. Essas criaturas parecem reagir a golpes precisos.

Maria (observando):

— As defesas estão mantendo-os afastados, mas temos que permanecer vigilantes. Algumas estão tentando flanquear pelo lado leste.

As lanças eram brandidas com habilidade, os arcos lançavam flechas certeiras, e os machados de pedra encontravam seus alvos. As torres de observação permitiam uma visão estratégica, enquanto os alarmes sonoros alertavam sobre movimentos inesperados. Muitos ataques foram parados pelo fogo dos poços. Muitas armadilhas funcionaram bem, outras nem tanto. O saldo foi positivo por enquanto. Nenhuma baixa. O alívio foi imediato, mesmo antes de acabar a luta.

Elena (aplicando primeiros socorros):

— Feridos, venham até aqui. Temos que garantir que todos permaneçam de pé.

Benjamin (ajustando um atirador de projéteis):

— Estamos resistindo bem, mas essas criaturas são mais numerosas do que imaginávamos.

A luta mortal continuava durante a noite, mas as armas forjadas e as defesas improvisadas provaram ser eficazes. O grupo defendia seu refúgio contra as criaturas que ameaçavam consumi-los a todo custo.

Ao amanhecer, os sobreviventes examinavam os vestígios do confronto noturno. Apesar das perdas materiais e dos feridos, a comunidade permanecia de pé, mais resiliente do que nunca.

Mais um dia se encerrava com a certeza de que o medo da noite, aliado ao ataque dessas criaturas, não quebraria a determinação dos sobreviventes.

Emily (observando o horizonte):

— Este deve ser apenas o começo. Vamos continuar a nos fortalecer e a desvendar os mistérios que nos aguarda. Temos que refazer as armas perdidas. Tirem todas as flechas que puderam, posicionem as lanças nos locais combinados. Não dispersem por enquanto. Os feridos descansem. Vamos pegar alguns animais para tirar a carne e a pele.

Todos abaixam a cabeça instintivamente, reforçando a ideia de foco, concentração. Um descanso merecido.

Revelações

O novo dia começava com os sobreviventes se recuperando dos ataques noturnos. Apesar de algumas perdas materiais, o amanhecer trazia consigo uma sensação de renovação, uma oportunidade para consolidar suas defesas e aprender com os eventos da noite anterior. Sem contar que o alimento, de alguma forma, veio até nós.

Emily (reunindo o grupo):

— Bom dia pessoal! Nossa resistência foi notável, mas não podemos nos dar ao luxo de baixar a guarda. Devemos aprender com cada ataque para nos fortalecer ainda mais. Pensem pelo lado bom: temos alimento para dois/três dias agora, ou mais.

Miguel (examinando as defesas):

— Precisamos expandir e aprimorar nosso perímetro. Se eles atacaram uma vez, podem voltar. O mais importante é que talvez tenhamos o respeito deles agora. Ou, pelo menos, seu instinto deve ser atualizado para "homem = perigo".

O grupo, motivados pela sobrevivência, começou a fortificar novamente as defesas existentes e a criar estratégias para lidar com as criaturas modificadas. As armas forjadas anteriormente foram ajustadas para melhor se adequar aos padrões de ataque observados. As que atingiram o alvo, como flechas, foram retiradas para reutilização, não precisando de refazê-las.

Maria (analisando dados):

— As informações que encontramos indicam que essas criaturas estão agindo em algum tipo de padrão. Se pudermos decifrá-lo, poderemos antecipar seus movimentos. Acho que temos tempo para isto.

David (trabalhando em um mapa):

— Vamos mapear os locais dos ataques. Talvez isso revele alguma conexão entre eles.

A comunidade embarcou em expedições exploratórias mais aprofundadas, coletando informações sobre o comportamento das criaturas e as áreas que pareciam ser seus principais pontos de origem. Enquanto isso, novas descobertas foram feitas durante a análise de inscrições antigas.

Elena (examinando as informações):

— Essas escrituras mencionam uma antiga ordem, uma tentativa de restaurar o equilíbrio após a queda da humanidade. Essas criaturas eram para terem sido uma espécie de defensoras ou guardiãs na época. Porém, algo deu errado.

Benjamin (refletindo):

— Então, alguém, séculos atrás, tentou criar um equilíbrio na natureza, e agora estamos enfrentando as consequências.

— Isso mesmo — respondeu Elena.

À medida que as peças do quebra-cabeça se encaixavam, o grupo percebe que estava no centro de um conflito que transcendia sua própria existência. A batalha para entender o propósito dessas criaturas e seu papel na nova ordem tornava-se mais intensa.

Raul (observando o horizonte):

— Vamos tentar descobrir mais sobre essas criaturas e o que querem ou qual seus objetivos, se tiverem. Não temos como fugir dessas consequências. Espero que essa vitória traga mais alívio e a gente consiga viver melhor daqui para a frente.

Emily (determinada):

— Continuaremos a enfrentar esses monstros, não importa de onde venham. A ideia é que somos a última esperança da humanidade e de nós mesmos. A não ser que encontremos outros sobreviventes.

O dia encerrava-se com os sobreviventes mergulhando mais profundamente nos mistérios que cercavam as criaturas. O perímetro está com as barreiras renovadas e a note vem surgindo no horizonte.

Uma Saída

Com os sobreviventes determinados a decifrar o enigma das criaturas, o novo dia começava com a comunidade mergulhando ainda mais nas regiões desconhecidas. Novos desafios e descobertas aguardavam enquanto eles buscavam entender o propósito e as motivações por trás dos ataques noturnos.

Emily (liderando a expedição):

— Cada passo que damos nos aproxima da verdade. Vamos explorar toda região para ver se conseguimos desvendar o que essas criaturas se transformaram.

Miguel (carregando uma lança):

— Estejam alertas, todos. Não sabemos o que encontraremos e estaremos fora de nossos domínios. Estaremos em desvantagem. Eu posso sugerir que voltemos a cada fim do dia para o acampamento, até que possamos construir outra fortaleza para nos garantir um mínimo de segurança.

A expedição levou a todos por territórios desconhecidos, revelando áreas ainda não exploradas e evidências de antigas intervenções humanas. À medida que avançavam, encontravam mais informações, sejam esculpidas em pedras e paredes de ruínas ou de qualquer forma.

Maria (analisando as novas informações):

— Se isso é verdade, parece que alguém errou feio nesse propósito. Não deu para corrigir a merda que fizeram.

David (examinando artefatos):

— E esses artefatos que encontramos indicam que a tecnologia desempenhou um papel crucial nessa tentativa de equilíbrio. Porém, a extinção foi avassaladora.

À medida que avançavam, o grupo começou a perceber uma conexão entre os pontos de origem das criaturas e as localizações das inscrições antigas. Ruínas de antigas instalações tecnológicas começaram a surgir, revelando uma história esquecida de experimentos e intervenções no ambiente.

Elena (analisando dados):

— Essas instalações eram centros de pesquisa avançada, pelo que está parecendo. Talvez alguém querendo manipular a natureza se ferrou. Foda-se equilíbrio ecológico. Quem está ferrado agora é a gente.

Benjamin (conectando os pontos):

— Então, as criaturas que enfrentamos são o resultado desses experimentos, programadas para restaurar a ordem na ausência da humanidade, pelo que entendi. Mas "restaurar" pode ser "exterminar" a raça humana da Terra e outras criaturas mais perigosas, que ainda não encontramos.

— Ou que "seremos" encontrados por elas — completa David.

A revelação abalou o grupo, pois compreenderam que eram provas de uma antiga tentativa de salvar o planeta. No entanto, a tecnologia avançada usada para criar essas criaturas havia se tornado uma ameaça para o grupo de sobreviventes.

Raul (refletindo):

— Parece que a "boa" intenção que tiveram se tornou nossa luta presente. Eu acho que devemos encontrar uma maneira de explodir tudo, se pudermos. Ou apenas focar em destruir essas criaturas, mudando seu propósito, sei lá.

Emily (determinada):

— Vamos seguir essa saída que nos foi apresentada. Pode ser verdade ou não, mas a solução para isso deve estar ao nosso alcance. Eu não acho que tenhamos chance de destruir todas essas coisas. O mundo é grande demais para um pequeno grupo. Deve ter mais coisas por aí. Seria bom se a gente encontrasse mais sobreviventes. Ou o que nos resta é a procriação ou a extinção.

Mais um dia se concluía com os sobreviventes carregando o fardo de uma revelação monumental. Confrontados com a dualidade da tecnologia que moldou o mundo pós-apocalíptico, eles se preparavam para desbravar essa trilha para encontrar o caminho da verdade, enfrentando desafios que exigiriam não apenas coragem, mas também sabedoria para enfrentar o destino de todos.

Gases Tóxicos

O dia introduzia uma nova e ameaçadora adversidade para os sobreviventes. Enquanto exploravam os territórios contaminados em busca de respostas, uma neblina tóxica, uma lembrança sombria da era humana passada, envolvia o ar para aplacar seus anseios.

Numa noite fatídica, a morte recairia mais uma vez sobre o grupo.

Maria (a mais idosa, tossindo):

— Essa neblina parece mais densa hoje. Sinto um cheiro estranho no ar.

Elena (preocupada):

— Devemos voltar para o acampamento imediatamente. Essa neblina pode conter resíduos tóxicos das usinas nucleares e dos experimentos feitos no passado.

O grupo apressava-se de volta ao acampamento, mas a neblina se tornava cada vez mais opressiva. Os resíduos químicos e biológicos presentes na atmosfera noturna infiltravam-se nos pulmões dos sobreviventes, sem que pudessem perceber.

Maria (ofegante):

— Sinto-me fraca — respirando fundo, com as mãos na cintura — preciso descansar um pouco, não consigo dar nem mais um passo.

Benjamin (preocupado):

— Não podemos parar aqui. A neblina é perigosa. Vamos tentar alcançar o acampamento o mais rápido possível.

Ao chegarem ao acampamento, a comunidade percebia que a exposição prolongada à neblina havia afetado Maria de maneira significativa. Seus olhos estavam vidrados, e sua respiração tornava-se cada vez mais difícil.

Emily (alarmada):

— Elena, precisamos fazer algo! Raul, há algo em nossos recursos médicos que possa ajudá-la?

Elena (revirando a bolsa médica):

— Infelizmente, parece que a exposição aos gases tóxicos é muito séria. Não temos antídotos suficientes.

A comunidade assistia impotente enquanto Maria sucumbia aos efeitos da neblina venenosa. Seu corpo enfraquecia, e seus últimos momentos foram marcados pelo sofrimento causado pela exposição a resíduos químicos e biológicos.

Maria (suspirando):

— Lutamos tanto — um momento sem forças para falar — contra criaturas, sombras e agora... a própria terra nos trai.

Raul (com pesar):

— Tente descansar Maria, você nos ensinou muito. Suas experiências e sabedoria nos guiaram até aqui. Você não deveria nos deixar — virou-se Raul, disfarçando uma lágrima que teimou em cair.

A morte de Maria deixava um vazio em todos. O dia encerrava-se com os sobreviventes enfrentando não apenas as criaturas e as neblinas da noite, mas também os vestígios tóxicos de uma era passada, uma lembrança de que esse mundo pós-apocalíptico era um lugar implacável e cheio de perigos imprevisíveis.

Chamas Protetoras

Com a perda de Maria ainda pesando sobre a comunidade, a noite encontrava os sobreviventes reunidos em volta de uma fogueira. Vestindo roupas de contenção para se protegerem da neblina tóxica que continuava a emergir nas noites, compartilhavam pensamentos, temores e reflexões sobre tudo que enfrentavam.

Emily (fitando as chamas):

— A morte de Maria é um lembrete brutal de que estamos lidando não apenas com criaturas ou animais, mas com as próprias cicatrizes do passado.

Miguel (olhando para o horizonte):

— A neblina é como um espectro, sempre à espreita. Nunca sabemos quando vai se manifestar. A gente espera de dia, ela aparece à noite.

Enquanto conversavam, os sobreviventes ajustavam suas roupas de contenção, certificando-se de que cada camada proporcionava proteção suficiente contra os resíduos químicos e biológicos presentes na atmosfera, principalmente à noite.

Elena (verificando as máscaras):

— Estamos fazendo tudo o que podemos para nos proteger, mas precisamos encontrar uma solução permanente para essa ameaça. Não podemos ficar à mercê da sorte.

Benjamin (observando a neblina):

— Há algo mais nessa neblina, além do veneno. Algo que nos observa.

A conversa entre os sobreviventes girava em torno das incertezas do futuro e das complexidades do ambiente ao seu redor. A fogueira, além de fornecer calor, era uma fonte de conforto em meio à escuridão e à incerteza.

Elena (pensativa):

— As informações que encontramos mencionavam uma tentativa de criar guardiões, mas parece que perdemos o controle sobre essas criações. Como se a natureza estivesse reivindicando seu próprio equilíbrio.

David (examinando mapas):

— Vamos precisar explorar mais a fundo. Talvez encontremos uma resposta ou uma maneira de neutralizar os efeitos da neblina.

O grupo concordava em continuar suas explorações, mesmos cientes dos desafios que enfrentariam. A fogueira, agora cercada por roupas de contenção e alimentando-se da madeira coletada durante o dia, lançava sombras dançantes sobre os rostos preocupados dos sobreviventes.

Raul (sincero):

— Eu acho isso muito difícil, de ficar matando um leão todo dia. A única chance que temos é nos manter juntos. Sem isso, não teríamos chance alguma. A gente não pensa no que pode não dar certo. Mas, vamos ter que pensar em todas as possibilidades. Perdemos companheiros. Cada perda que temos faz com que todos recebam uma parcela dessa energia e também dessa responsabilidade.

Emily (olhando para o grupo):

— Maria nos guiou até aqui. Vamos honrar sua memória enfrentando os perigos de cabeça erguida, assim como foi com a perda da Anna. Perdemos duas guerreiras importantes para o nosso grupo e para nossa sobrevivência.

A noite encerrava-se com o grupo compartilhando um momento de camaradagem em meio às adversidades. À luz das chamas protetoras, refletiam sobre o que haviam perdido, o que ainda enfrentariam e a resiliência que mantinha viva a esperança de um futuro melhor nesse mundo ameaçador.

Novas Estratégias

Com a ameaça constante da neblina tóxica e das criaturas modificadas, os sobreviventes encontravam-se reunidos para um levantamento das armas e sistemas de proteção disponíveis. Em meio à escuridão da noite, a comunidade se esforçava para definir estratégias eficazes para garantir sua sobrevivência.

Emily (reunindo todos):

— A neblina é uma ameaça crescente, e nossas defesas precisam evoluir para enfrentá-la. Vamos fazer um inventário de nossas armas e recursos.

Miguel (exibindo uma lança modificada):

— Algumas das lanças foram reforçadas com fragmentos metálicos. Podem ser mais eficazes contra as criaturas.

Enquanto discutiam as armas disponíveis, os sobreviventes também compartilhavam ideias sobre como melhorar suas defesas contra as criaturas e a neblina venenosa.

Elena (mostrando um mapa):

— Devemos marcar os locais onde a neblina é mais densa. Assim, poderemos evitar essas áreas ou nos preparar adequadamente.

David (apresentando uma máscara aprimorada):

— Trabalhei em algumas melhorias nas máscaras. Podem proporcionar uma filtragem mais eficiente. O mais recomendável é que procuremos outro território.

A comunidade se organizava, ajustando estratégias e adaptando suas defesas para enfrentar os desafios iminentes. O mapa começava a ser marcado com áreas de alta concentração de neblina, enquanto as armas eram distribuídas de acordo com a perícia de cada um.

Elena (trazendo amostras de plantas):

— Encontrei algumas plantas que podem ajudar a neutralizar os efeitos da neblina. Podemos usá-las para criar antídotos.

Benjamin (analisando as amostras):

— Ótimo trabalho, Elena. Precisamos nos tornar tão adaptáveis quanto as criaturas que enfrentamos.

As discussões e preparativos continuavam pela noite, à luz de tochas e lanternas improvisadas. A comunidade, fortalecida por uma determinação compartilhada, desenvolvia estratégias para enfrentar não apenas as ameaças conhecidas, mas também as que ainda se ocultavam nas madrugadas.

Raul (encerrando a reunião):

— Estamos todos aqui porque recusamos nos render. Não importa o que aconteça, continuaremos a lutar por nossa sobrevivência.

Emily (olhando para o grupo):

— Amanhã, começamos a implementar essas mudanças. Juntos, somos mais fortes. Acho que todos estão meio abalados ainda, não?

À medida que se preparavam para enfrentar os perigos que os aguardavam, a comunidade encontrava força na união e na adaptação contínua gradativamente, emas continuava a desafiar as probabilidades. A quantidade do grupo diminuía com o passar do tempo, mas a cada perda é como se cada um absorvesse as energias deixadas por aqueles que se foram. Isso nem chegou a ser notado por eles, mas eu via que todos podiam sentir essa força renovada animar nossos espíritos, nossos corpos.

Era uma nova perspectiva que ainda não era avaliada e nem notada pelo grupo. Talvez em algum momento mais à frente.

A Dualidade da Neblina

Uma revelação inesperada sobre a neblina tóxica se apresentava. Enquanto os sobreviventes exploravam as vantagens e desvantagens dessa força misteriosa, uma descoberta notável proporcionava uma mistura de esperança e dilemas.

Emily (observando a neblina):

— Há algo mais sobre essa neblina. Além de seus perigos, será que pode ser nossa aliada de alguma forma?

Miguel (examinando a paisagem):

— Parece que a neblina afeta não apenas as criaturas, mas também outros seres ao nosso redor.

Enquanto a comunidade observava, notavam que a neblina agia como um igualador de forças. Animais perigosos e seres hostis eram afetados da mesma forma que as criaturas modificadas, proporcionando momentos de alívio, mas também gerando dilemas éticos.

Elena (analisando dados):

— A neblina possui propriedades que neutralizam os instintos agressivos dos animais. Eles se tornam mais passivos quando expostos. E também morrem, esses desgraçados….

David (refletindo):

— Isso pode ser uma vantagem, mas também uma ameaça. E se os animais ficarem mais próximos de nós em busca de proteção?

A dualidade da neblina trazia à tona a decisão crucial que os sobreviventes teriam que enfrentar: Fugir para áreas mais seguras, afastando-se dos perigos conhecidos, ou aproveitar a neblina como uma forma de proteção contra criaturas e animais hostis.

Elena (ponderando):

— Podemos usar a neblina a nosso favor, mas precisamos ser cuidadosos. A linha entre segurança e perigo pode ser tênue.

Benjamin (preocupado):

— Ficar aqui significa correr o risco de atrair animais que antes eram somente ameaças. Estão certos disso? No mínimo vamos conhecer outras espécies. Hehe.

A comunidade debatia as opções, avaliando os prós e contras de cada escolha. Eles estavam diante de uma encruzilhada, com o futuro incerto e as decisões a serem tomadas impactando diretamente sua jornada naquele mundo transformado.

Raul (olhando para o grupo):

— Não temos muita opção. Ficarmos vivos diz respeito a enfrentar tudo isso. Estamos aqui para sobreviver. Seja enfrentando os perigos ou aproveitando as oportunidades, devemos escolher o caminho que nos levará adiante. Eu voto em seguir em frente. Não tenho nada a perder. Ficar discutindo isso toda vez é sem sentido.

Emily (determinada):

— Concordo, mas precisamos pesar as consequências e decidir tudo junto. Nosso destino está em nossas mãos. E se a gente perder outra pessoa também perdemos força de conjunto. Eu preferiria ficar num lugar quietinha. Mas se vocês querem ver o que tem pela frente, eu vou com vocês. Não tenho escolha.

Eles estavam confrontando uma escolha difícil. Enquanto a neblina oferecia uma proteção inesperada, também trazia consigo desafios imprevistos. O futuro da comunidade dependia das decisões que seriam tomadas diante dessa dualidade, marcando um momento crítico em sua luta.

Com a comunidade diante dessa questão, as discussões continuavam ao redor da fogueira.

Elena (analítica):

— Se usarmos a neblina a nosso favor, podemos explorar áreas que antes eram inacessíveis. Mas precisamos ter em mente que a natureza é imprevisível. Já viram que não tem animais perigosos na neblina? Pelo menos é uma proteção a mais. Talvez possamos viajar por ela. Ganharemos tempo e territórios.

David (questionando):

— E se os animais que antes nos temiam agora se aproximarem em busca de abrigo? Será que poderemos lidar com essa mudança?

As preocupações permeavam a conversa, cada membro da comunidade expressando suas opiniões e receios. A decisão que tomariam teria repercussões não apenas para eles, mas para o equilíbrio frágil que tentavam manter.

Elena (sugerindo):

— Podemos tentar usar a neblina de forma estratégica, aproveitando suas propriedades, mas sem depender completamente dela. Assim, minimizamos os riscos. O que acham?

Benjamin (concordando):

— Precisamos de um plano, então. Um equilíbrio, em que a segurança com a flexibilidade necessária para enfrentar as mudanças repentinas não atrapalhe nosso objetivo. Eu penso que a morte de Maria foi uma casualidade. Não estávamos preparados. Hoje, se houver algum desconforto, acho que estamos seguros de comunicar a todos no grupo, não?

A discussão se desdobrava em uma estratégia que combinasse o uso da neblina para explorar e neutralizar ameaças, enquanto mantinha a vigilância constante para evitar complicações inesperadas.

Miguel (resumindo):

— Então, vejo que estamos de acordo. Vamos utilizar a neblina como uma aliada, mas com precaução. Não podemos nos deixar levar pela sensação de segurança.

Emily (determinada):

— É um caminho arriscado, mas se não ousarmos, estaremos perpetuamente na defensiva. Avançaremos com cautela e vigilância.

A decisão estava tomada. Os sobreviventes ficaram comprometidos a enfrentar os desafios à frente, navegando pela dualidade da neblina para criar uma estratégia que permitisse a exploração segura nos territórios inexplorados.

Enquanto as noites se mostravam perigosas, a fogueira ardia como uma prova de vida e resistência, enfrentando criaturas modificadas e as complexidades inesperadas do ambiente que nos cercava. O destino de todos permanecia incerto, mas a determinação de seguir adiante persistia, guiando-nos por caminhos desconhecidos.

Com a decisão tomada, o grupo começava a implementar a estratégia delineada. Os sobreviventes exploravam o ambiente selvagem com uma mistura cautelosa de confiança e apreensão.

Elena (orientando o grupo):

— Mantenham-se próximos, estejamos atentos às mudanças no comportamento dos animais. Se notarem alguma coisa incomum, informem imediatamente.

David (observando o entorno):

— A neblina é nossa aliada, mas precisamos permanecer vigilantes. Não sabemos como os outros seres reagirão. Ouçam bem.

A neblina guiava os passos dos sobreviventes através de territórios anteriormente inexplorados. Entretanto, a incerteza persistia, e cada passo representava uma jornada para o desconhecido. O caminhar era um jogo de dois passos e para. Devagar e sempre.

Elena (colhendo amostras):

— As plantas que encontramos parecem ter uma relação simbiótica com a neblina. Elas prosperam quando expostas a ela. Podemos usá-las para fortalecer nossos recursos. Eles inalam o ar contaminado. Talvez possam expelir ar limpo para nós.

Benjamin (examinando as amostras):

— Ótimo trabalho, Elena. Vamos estudar essas plantas com mais detalhes quando voltarmos ao acampamento.

A exploração continuava, com a neblina revelando mais nuances de suas propriedades. Enquanto alguns animais se tornavam mais dóceis, outros se afastavam, mantendo um equilíbrio delicado no ecossistema.

Miguel (observando os arredores):

— Parece que encontramos um meio-termo. A neblina é uma ferramenta valiosa, mas precisamos lembrar que ela não elimina todos os riscos.

Emily (refletindo):

— Se a gente aprender isso também e encontrar essa forma de usar a natureza para o bem comum, será ótimo. Até quando vamos aguentar com isso? Foda-se!

Ao retornarem ao acampamento, os sobreviventes compartilhavam suas descobertas e preparavam-se para enfrentar os desafios que ainda se apresentarem nos próximos dias. O grupo parece estar mais adaptado a cada dia e confiante em sua capacidade de sobreviver, seja na neblina ou sem ela, quando há animais perigosos pela frente.

Raul (reunindo todos):

— O.k. Vejo que a neblina é nossa aliada, mas se alguém respirar esse veneno, é capa de morrer. Isso não pode atrasar nosso objetivo, que é encontrar um território totalmente seguro e com alimentos. Sigamos em frente, aprendendo e evoluindo juntos.

Emily (olhando para o horizonte):

— Este é apenas o começo. Nosso caminho está à frente, e acho que enfrentaremos muitos perigos ainda. Que tal se a gente procurar relaxar um pouco também?

Os sobreviventes parecem estar prontos para enfrentar o amanhã e as surpresas que o mundo transformado ainda reservava para eles. Mas não será nada fácil.

Além da Neblina

Com a neblina compreendida como uma aliada e uma ameaça ao mesmo tempo, o grupo adaptava-se a essa nova dinâmica, explorando os limites desses territórios.

Elena (consultando mapas):

— Há muitas regiões que ainda não exploramos. Se pudermos ampliar mais rápido nosso alcance, podemos descobrir recursos valiosos e talvez até mesmo encontrar respostas sobre o que aconteceu.

David (concordando):

— Estamos mais preparados agora. Podemos avançar com mais confiança, mas sem esquecer da constante vigilância. Eu proponho pararmos em algum ponto para descansar um pouco, uns dias.

A comunidade partia para uma jornada exploratória, movendo-se cuidadosamente pela paisagem alterada. A neblina, ainda presente, agora era encarada como uma ferramenta a ser usada a seu favor.

Elena (coletando amostras)

— A flora e fauna continuam a se adaptar. Precisamos manter nosso conhecimento atualizado para garantir nossa sobrevivência. Cataloguem isso. Nem que seja com a memória. Depois, a gente copia.

Benjamin (analisando dados):

— Esses dados podem ser cruciais para entender como a neblina afeta as diferentes formas de vida. Quanto mais soubermos, mais preparados estaremos.

Durante a exploração, os sobreviventes deparavam-se com paisagens desconhecidas e estranhas, revelando um mundo transformado que desafiava constantemente suas expectativas.

Miguel (observando o horizonte):

— É incrível como tudo mudou. A neblina moldou este mundo de maneiras que nem podemos imaginar. Eu sinto uma coisa estranha dentro de mim. Por incrível que pareça, estou me sentindo mais forte, minha mente mais aguçada.

Emily (refletindo):

— Esse percurso que passamos demonstrou nossa capacidade de adaptação. Estamos moldando nosso destino, mesmo em meio à incerteza. Eu também me sinto diferente. Mas isso não é bom?

A jornada continuava, repleta de descobertas e desafios. Os sobreviventes encontravam recursos valiosos e evidências de estruturas antigas, com artefatos que lançavam uma luz de esperança.

Raul (examinando um artefato):

— Este mundo é cheio de mistérios. Talvez, ao desvendá-los, possamos encontrar uma maneira de curar as feridas que ele carrega. A merda é que fomos nós que fizemos isso tudo acontecer.

Emily (determinada):

— Cada descoberta nos aproxima de compreender o que aconteceu e como podemos continuar essa jornada. Acho que devemos avaliar se o que estamos sentindo é uma questão de algum efeito de nossa adaptação ou que é apenas um sentimento reprimido. Eu me sinto muito forte e ao mesmo tempo com medo.

O grupo vai expandindo seus horizontes, enfrentando os desafios e mistérios de um mundo que continuava a se revelar. Enquanto exploravam além da neblina, suas jornadas não eram apenas físicas, mas também uma exploração emocional até os limites intransponíveis até então.

Desânimo

O grupo vai enfrentando desafios que ameaçam minar a esperança e determinação que os mantiveram unidos até então.

Emily (observando as ruínas):

— Às vezes, parece que não importa o quanto exploramos, o mundo continua a nos esconder seus segredos.

David (cabisbaixo):

— Encontramos sinais de uma civilização que já foi próspera, mas agora está perdida. Isso faz questionar se nossos esforços realmente importam.

A paisagem desolada e os vestígios do passado transmitiam uma sensação de futilidade, enquanto se confrontavam com a vastidão de um mundo que parecia indiferente à sua presença.

Elena (examinando dados antigos):

— Essas informações indicam e confirmam que nossa extinção foi, de certa forma, autoinfligida. É difícil não sentir que estamos presos a um destino que não escolhemos. Opa, de certa forma a gente é culpado disso tudo...

Benjamin (suspirando):

— Mesmo com toda nossa adaptação, talvez estejamos apenas prolongando o inevitável. Como podemos ser a última esperança da humanidade?

A jornada, que outrora fora impulsionada pela curiosidade e pela busca de respostas, enfrentava um desafio mais profundo: a falta de um propósito claro diante da aparente inevitabilidade da extinção humana.

Miguel (olhando o horizonte):

— Às vezes me pergunto se estamos apenas prolongando o sofrimento. Se o mundo deseja seguir seu próprio caminho, talvez devêssemos simplesmente aceitar isso.

Emily (olhando para o grupo):

— Não podemos perder a esperança. A cada descoberta, mesmo que pequena, estamos preservando algo que um dia pode fazer a diferença. Isso tudo que estamos sentindo eu acho que faz parte dos efeitos do gás que se espalha no ar. Se não me engano, é uma espécie de relaxante e ao mesmo tempo deprimente. Acho que isso serviu para acalmar e baixar a índole dos predadores que existiam. Até hoje esse efeito é sentido. Que coisa...

Enquanto a neblina continuava a envolver o mundo, ela agora parecia carregar não apenas uma dualidade física, mas também uma dualidade emocional. Os sobreviventes enfrentavam não apenas os perigos externos, mas também os fantasmas internos da desesperança.

Raul (reunindo o grupo):

— Então, se isso que você diz está correto, não podemos ficar expostos aos efeitos desse gás por muito tempo. Mesmo que ele esteja nos protegendo.

Emily (determinada):

— Sim. Pode ser isso mesmo. Se formos caminhar pela neblina, não podemos tirar as máscaras. Somente pela manhã, que o sol diminui a intensidade desses efeitos. É uma teoria interessante, não acham?

Todos desanimadamente concordam. Cada um buscando uma razão para continuar, quando o mundo ao seu redor parecia conspirar contra a própria ideia de sobrevivência. A neblina se misturava com o gás. E o gás reagia na mente de cada um. Não só envenenando o corpo, mas também confundia tudo. Por isso animais e criaturas não atacavam nesse clima.

Entre a Noite e Dia

  À medida que os sobreviventes enfrentavam os desafios emocionais e físicos de territórios transformados até pelo ar, cada dia, cada noite, marcava um momento sombrio na jornada. Com o passar do tempo, fatores inescapáveis começavam a moldar o destino desses corajosos.

Emily (observando o grupo):

— A vida vai acabando a cada dia. A idade avançando e a falta de habilidades polivalentes estão nos deixando vulneráveis. Faz tempo que não encontramos novidades. Não é hora de parar?

David (olhando para os registros):

— Não há como escapar da realidade. Com a perda de nossas habilidades continuamente, nossa capacidade de nos manter vivos se desfazendo.

O grupo via-se agora confrontado por uma ameaça mais insidiosa: a inevitabilidade do fim, manifestada nas limitações físicas e nas dificuldades crescentes de manter um estilo de vida sustentável.

Elena (analisando os recursos):

— Cada vez é mais difícil encontrar alimentos e água. Nossas habilidades estão sendo testadas, e não sei até quando conseguiremos continuar.

Benjamin (preocupado):

— A falta de diversidade em nossas habilidades está nos prejudicando. Precisamos ser realistas sobre nossas limitações. Vamos manter o foco. Vejam que é ter que treinar para melhorar esses dons. Deus não vai nos deixar desamparados.

O crepúsculo da humanidade parecia se aproximar, não apenas pelas ameaças externas, mas pela inevitabilidade do envelhecimento e das dificuldades crescentes em manter uma existência significativa.

Miguel (olhando para o horizonte):

— Estamos ficando fracos. Mais fracos do que éramos no início. Lembram? E cada dia que passa, não consigo me lembrar de como era.

Emily (com pesar):

— A nossa história está chagando ao fim. Não somos mais os protagonistas. Talvez devêssemos deixar o mundo seguir por si.

Enquanto o grupo enfrentava a realidade, o novo mundo proporcionava uma reflexão profunda sobre o significado da existência humana em seu crepúsculo. As discussões giravam em torno de decisões difíceis, aceitação e, acima de tudo, o legado que poderiam deixar para trás.

Raul (reunindo os sobreviventes):

— Talvez tenhamos chegado ao ponto em que precisamos aceitar que nosso tempo aqui é finito. Mas, enquanto estivermos juntos, podemos decidir como enfrentaremos esse inevitável fim. Vamos lutar. Até o fim?

Emily (olhando para o grupo):

— Vamos continuar lutando sim, não apenas pela sobrevivência, mas pela dignidade que carregamos como últimos vestígios de nossa humanidade. Acredito muito em vocês.

Sem Esperança

Os anos continuavam a se desdobrar, marcando o grupo não apenas com rugas e cabelos grisalhos, mas também com o peso inevitável do tempo. À medida que a esperança diminuía e as incertezas aumentavam, a Terra testemunhava o crepúsculo pessoal de cada membro da comunidade. Emily demorou para aceitar.

Emily (em seu leito):

— Os dias se tornaram longas noites, e minha visão não mais alcança o horizonte distante. Partirei deste mundo com a esperança de que os que restam encontrarão uma razão para continuar. Vocês devem persistirem. Prometam-me isso.

A sabedoria de Emily servia como um testemunho de quanto o mundo havia mudado e de quão pouco restava do que ela conheceu.

David (lutando contra a fraqueza):

— Minhas mãos tremem com a debilidade do tempo. A única certeza é que, em breve, elas descansarão, Emily. Nós ainda respiramos, lutaremos por você também. Eu prometo tentar lutar até o fim.

A idade pesava sobre David, que agora enfrentava uma batalha interna contra a inevitabilidade da morte, e suas mãos se rendiam à exaustão.

Em outro momento, Elena também começa a sucumbir. A paisagem, perene, demonstra que mais um lutador caiu com as rusgas do tempo inabalável.

Elena (sussurrando):

— Minha mente está como uma folha levada pelo vento. As histórias que poderia contar estão se desvanecendo, assim como a própria essência de quem fui. Não lembro de como chegamos aqui. Só lembro da luta para seguir em frente. Acho que fiz o possível. Não sei bem onde eu chegaria, nem se tive um início. Qual é a minha história?

Elena via suas memórias escorregando por entre os dedos, perdendo-se nos recessos do esquecimento.

Benjamin (resignado):

— Não vejo mais soluções para nossas perguntas. Pior, não sei quais as perguntas. Meu corpo se cansou da luta, e minha mente já aceita o inevitável. Eu queria ter uma geração de herdeiros, só para lembrar do que fizemos aqui.

Benjamin aceitava o ciclo natural da vida e da morte, passando o fardo para os que permaneciam.

Miguel (olhando para o horizonte):

— O fim é como o pôr do sol que nunca termina. Perdemos a capacidade de ver a beleza, e a única promessa é a escuridão que se aproxima.

Miguel confrontava a mortalidade e a perda de uma visão que um dia contemplou horizontes vastos.

Emily (sorrindo com melancolia):

— Cada respiração é uma despedida, e o medo da morte se dissolve em aceitação. Espero que a chama da resistência continue acesa, mesmo quando minha luz se extinguir.

O Fim

Sentado entre os escombros do que já foi uma cidade pulsante, sinto o peso dos anos que se acumularam sobre meus ombros. Sou o último vestígio de uma raça que uma vez se ergueu com orgulho sobre esta Terra. Hoje, testemunho o crepúsculo final da humanidade.

Ao meu redor, as construções desmoronam, engolidas pela vegetação que retomou o que lhe foi roubado. Cidades outrora barulhentas agora ecoam com o silêncio dos séculos. Ruas antes movimentadas são agora trilhas perdidas, camufladas pela natureza indiferente.

Lembro-me do despertar, quando o mundo estava em frangalhos após o suspiro final da humanidade. As cidades tinham sido deixadas para trás como monumentos ao nosso próprio desaparecimento. O ar, antes poluído por nossas máquinas, se oferecia puro e fresco, provando a ressurreição da natureza.

Em minhas palavras, conto a história dessa nova era, sem diálogos, apenas a narrativa de uma vida solitária. Falo sobre a descoberta desse mundo transformado pelo homem e reconstruído pela natureza, onde ela se ergueu das cinzas da civilização. Descrevo as florestas que reivindicaram nosso concreto, os rios que lavaram nossos pecados ambientais.

À medida que avanço minha história, recordo os desafios enfrentados. Os perigos que surgiram de todos os lados, dos animais adaptados à nova ordem às ameaças inesperadas que surgiam das profundezas do nosso próprio passado. Cada luta, cada perda é uma cicatriz na memória coletiva dessa paisagem.

Minha história provou minha adaptação, a busca por respostas, a tentativa de decifrar os mistérios do que uma vez fomos. Descrevo a formação de um grupo que tentava, desesperadamente, preencher o vazio deixado pela humanidade. Os laços que se formaram entre nós, forjados na luta pela sobrevivência.

E então, o ápice de minha transformação pessoal. Sem diálogos, mas com a dor silenciosa da despedida. Emily entregou-se ao sono eterno nos braços de David. David desvanecia-se como poeira ao vento. Elena via seus próprios registros desmoronando.

Eu aceitei o meu destino com resignação, enquanto Miguel fechou os olhos para o último espetáculo. Emily despediu-se com um sorriso, da última luz a se apagar.

Raul morreu um pouco mais cedo, destroçado por animais no escuro da noite. Ninguém viu sua morte.

Agora, sou o último sobrevivente, sentado entre ruínas e às lembranças. Em minha história, falo da resiliência humana, da busca incessante por significado mesmo quando confrontados com a inevitabilidade do fim. Meus olhos se fecham, e as palavras se dissolvem no eterno do pensamento.

Assim termina a história da humanidade, um sussurro suave ao vento, ecoando através das árvores e dos rios. Silêncio. Eterno....

O mundo depois do fim e nós, parte de uma parte.

A Magia do Sonho

Uma melancolia silenciosa envolvia Benjamin naquele dia. Seu olhar, geralmente firme e focado, vagueava para além do horizonte, como se perseguisse sombras esquivas que apenas ele podia ver. Enquanto os outros continuavam suas tarefas diárias, Benjamin se retirou para um canto, seus pensamentos obscurecidos pela solidão que pairava sobre ele.

Ao cair da noite, reunidos em torno da fogueira, Benjamin finalmente quebrou o silêncio que havia guardado consigo.

— Perdi amigos hoje — disse, seu olhar vago fixo na dança das chamas.

O grupo, perplexo, trocou olhares confusos.

— "Amigos?"— indagou Maria, com uma expressão de preocupação.

— Eu os vi morrer, um por um — murmurou Benjamin — eram figuras sombrias, estranhas, mas eram meus companheiros naquele vasto silêncio.

O restante do grupo se entreolhou, incapaz de compreender totalmente a angústia de Benjamin.

— Do que você está falando? — Questionou Emily.

— Eu estava sozinho, perdido em pensamentos, e a solidão trouxe à vida essas criaturas imaginárias. Amigos que nunca existiram... e agora, se foram — confessou Benjamin, sua voz quebrando o silêncio da noite. Estranho — eu vivi tudo como se fosse real. Construímos uma história. Lutamos, perdemos, ganhamos. Não é possível que eu sonhei vários anos em um dia somente. Como explicar isso?

O grupo permaneceu em silêncio, tentando assimilar a experiência única de Benjamin.

— A solidão aqui é um inimigo tão real quanto qualquer criatura que enfrentamos. Ela molda nossas percepções, testa nossas mentes, ou talvez um reflexo das consequências dessas energias que desconhecemos — refletiu Anna, a filósofa.

Benjamin, resignado, compreendeu a complexidade de sua própria mente.

— Eu os vi morrer, mas vocês nunca foram reais, não é? A solidão pode ser mais devastadora do que qualquer ameaça tangível. Deve ser um efeito das neblinas, dos gases.

O grupo, ciente da fragilidade da mente diante do vazio, permaneceu em contemplação. A noite passou, marcada pelo peso silencioso da consciência e pelas dúvidas que se esgueiravam nas percepções individuais.

Os dias se passaram e, inexplicavelmente, Benjamin antecipava os acontecimentos. Antes da morte de Anna, da criatura, dos demais componentes do grupo em seu sonho, ele conseguiu convencer a todos que as energias dos seres vivos que morriam em sua volta eram absorvidas pelos demais sobreviventes, por se sentiam mais fortes a cada dia e diferentes. Com essa consciência o grupo ficou ainda mais forte e faziam regularmente reuniões para relaxamento e captação de energias distribuídas pelo ar.

À medida que o tempo avançava depois do fim, o grupo de sobreviventes, unido por laços construídos na adversidade, contemplou o florescer de novas vidas e a construção de famílias nos resquícios da civilização extinta.

Maria e Benjamin, unidos pelo calor compartilhado de muitas noites frias, tornaram-se um pilar de apoio para uma nova geração. Seus filhos corriam pelos campos que um dia foram ruas movimentadas, agora transformadas em playgrounds naturais.

Elena e Raul, cientistas destemidos que compartilhavam uma paixão pela descoberta, viram sua família nascer e crescer. Suas crianças, curiosas como os pais, exploravam o mundo repleto de maravilhas que a natureza reivindicava.

David, o construtor habilidoso, e Emily, a visionária, encontraram na união uma base sólida para um futuro melhor. Seus filhos, herdeiros da resiliência, aprendiam a importância de construir não apenas abrigos, mas comunidades.

Anna, a filósofa, encontrou em um companheiro inesperado uma parceria que transcendeu a mente. Seu amor gerou crianças que questionavam, imaginavam e abraçavam a complexidade do mundo ao seu redor.

Miguel desenvolveu uma habilidade única que se manifestava em sua capacidade de entender e interagir com campos magnéticos naturais. Sua ligação com a Terra evoluiu para uma sensibilidade magnética, permitindo-lhe perceber e interpretar as sutilezas dos campos magnéticos terrestres.

Essa habilidade provou ser inestimável para a comunidade. Miguel podia antecipar tempestades magnéticas, fornecendo alertas antecipados sobre mudanças climáticas iminentes. Além disso, sua destreza magnética permitia a manipulação de certos materiais ferrosos, oferecendo uma vantagem prática na construção e manutenção de estruturas essenciais.

Assim, Miguel se tornou não apenas um cientista, mas também um guia com poder magnético para a comunidade que emergia rapidamente, usando seus dons para moldar um ambiente seguro e sustentável no mundo pós-apocalíptico. Ele se tornou um protetor.

À noite, em volta da fogueira, o grupo se reunia de tempos em tempos, compartilhando histórias de lutas superadas e desafios vencidos. As energias dos que partem eram absorvidas e entendidas, tornando-se uma força motriz para uma humanidade mais forte, astuta e preparada para os desafios inexplorados que o amanhã tinha reservado.

Nasceu nova humanidade e era mais do que uma mera expressão. Era uma celebração da vida que emergia das cinzas, um marco da resistência humana e da capacidade de construir e reconstruir, não apenas sobreviver. O mundo, habitado por seres humanos que abraçavam as lições da Terra, via surgir uma nova era de esperança, aprendizado e renascimento.

À medida que as crianças crescem nos braços da nova era, tornou-se evidente que algo extraordinário estava se desdobrando. As experiências únicas de cada sobrevivente influenciavam o grupo, dotando-os de habilidades incomuns e perspicácia apurada. Eles se tornaram figuras lendárias no planeta terra.

Benjamin descobriu uma habilidade que transcendia a compreensão humana. Seus poderes de premonição, aguçados pela conexão íntima com a natureza, permitiam que vislumbrasse eventos futuros. Cada visão, uma tapeçaria de possibilidades, orientava o grupo na tomada de decisões cruciais para a sobrevivência.

Maria desenvolveu uma conexão única com as plantas. Suas mãos, agora capazes de se comunicar com a flora, guiavam o cultivo de alimentos essenciais para a comunidade.

Elena e Miguel dedicavam suas vidas à descoberta, passaram seu conhecimento adiante, inspirando uma nova geração. Seus filhos revelaram uma aptidão para desvendar segredos ocultos nas entranhas do planeta.

David surpreendeu a todos com sua capacidade de moldar materiais de maneiras inimagináveis. As estruturas que erguia agora continham uma energia única, um reflexo da simbiose entre o homem e a natureza.

Anna transmitiu sua paixão pelo questionamento e introspecção. Seus descendentes, dotados de uma mente analítica, exploravam as complexidades do mundo com uma compreensão que ia além da superficialidade.

As crianças, nascidas nesse mundo reinventado, manifestavam habilidades próprias, desde uma afinidade com animais até uma intuição aguçada para entender os padrões da Terra. Era como se a própria natureza concedesse dons únicos àqueles que agora habitavam seus domínios após o fim.

A Terra tornou-se novamente o centro da humanidade. Montanhas altivas, rios límpidos e vastas planícies ofereciam um cenário de renovação. As mudanças climáticas, orquestradas por uma energia natural, vai regulando as estações em perfeita harmonia.

O desafio do grupo não era apenas sobreviver, mas também entender seu papel nesse teatro cósmico. E conseguiram seu objetivo. A Terra era apresentada como um guia sábio, abrindo portas para descobertas inimagináveis e potencial ilimitado. À medida que a comunidade se multiplicava, uma nova humanidade se erguia, uma sinergia única entre homem e natureza vai delineando o caminho para um futuro em que a natureza guiará passo a passo.

Depois de nós, o fim. Depois do fim...